U0660306

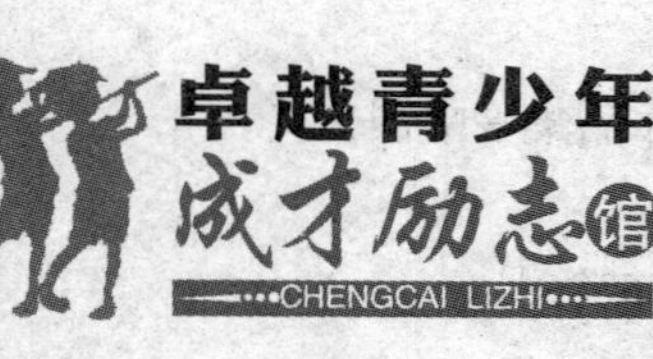

让王子快乐的秘密

张海君◎主编

敦煌文艺出版社

图书在版编目（CIP）数据

爱心·让王子快乐的秘密 / 张海君主编. -- 兰州 ：敦煌文艺出版社，2013. 4
(卓越青少年·成才励志馆)
ISBN 978-7-5468-0493-4

Ⅰ. ①爱… Ⅱ. ①张… Ⅲ. ①故事－作品集－中国 Ⅳ. ①I247.8

中国版本图书馆CIP数据核字（2013）第066386号

爱心·让王子快乐的秘密
（卓越青少年·成才励志馆）
张海君 主编
责任编辑：王森林
封面设计：晴晨工作室

敦煌文艺出版社出版、发行
本社地址：（730030）兰州市城关区读者大道568号
本社邮箱：dhwy@duzhe.cn
本社博客（新浪）：http://blog.sina.com.cn/dunhuangwy
本社微博（新浪）：http://weibo.com/1614982974
0931-8773084（编辑部） 0931-8773235（发行部）

北京泽宇印刷有限公司
开本 710毫米×1000毫米 1/16 印张 12 字数 180千
2013年6月第1版 2013年6月第1次印刷
印数：1～5 000

ISBN 978-7-5468-0493-4
定价：23. 80元

Contents

目录

第一章　充满爱心的世界

充满爱心的世界，就是那跳动着温暖炉火的小屋；充满爱心的世界，就是那在航标灯的指引下驶进宁静港湾的航船；充满爱心的世界，就是那拥有绚丽色彩的画卷。朋友，献出你的爱心，这世界会更加美好！

第二章　爱心是照射在冬日的阳光

爱心是一片照射在冬日的阳光，使贫病交迫的人感到人间的温暖；爱心是一泓出现在沙漠里的泉水，使濒临绝境的人重新看到生活的希望；爱心是一首飘荡在夜空的歌谣，使孤苦无依的人获得心灵的慰藉。

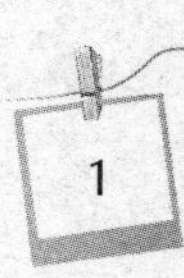

第三章　不经意间获得的感动

当别人需要帮助时，你应及时帮助他们，因为你说不定有一天也需要别人帮助。当你看到残疾人时，不要讥笑他们。即使他们很令人发火，你也要扭过头去忍住讥笑，因为或许他们先前可能都是仪表堂堂的孩子。当你见到退休军人或老师时，你应该向他们致敬，因为他们托起了祖国的花朵，托起了明天的太阳。所以，我们不管遇到什么人，都应尊重、帮助。

第四章　爱不是虚情假意的谎言

爱并不是虚情假意的谎言，它是实实在在的情感，只要仔细感受，你就会发现爱本就紧挨着你：它可能是清早母亲挤向你牙刷上的一寸牙膏，让你感受到温馨；它可能是陌生人的一把搀扶，让你体会到温暖；它可能是作业本里老师落下的一根白发，让你感悟到关爱；它可能就是一个微笑，让你理解到宽容和赞赏。在生活中，你有了这种感受，体会，感悟，理解，受到触动感染，激励鼓舞，你就会去掉冷漠，解除封闭，成为一个有爱心的人。

第五章　爱是美德的种子

爱是美德的种子。爱是每个人美好善良的言行；爱是愉悦的思想、高尚的谈话；爱是我们人生的每一步指南；爱是这世界一切美好事物的起点。让我们心中充满爱，把世界装扮得更美丽。

第六章　爱心——你生命风帆的激励

爱心是什么？爱心是能鼓起你生命风帆的激励；爱心是什么？爱心是雪中送炭式的资助；爱心是什么？爱心是扶慰你受伤心灵的微笑。因为爱心，流浪的人们才能重返家园；因为爱心，疲惫的灵魂才能活力如初。渴望爱心，如同星光渴望彼此辉映；渴望爱心，如同世纪之歌渴望永远被唱下去。

第七章　给爱心的回报

爱心是美的化身，因为有她的存在，世界才会变得更加美丽。爱使人感到温暖，使人得到光明，使人有力量与所面临的困难作斗争。爱心是搭起友谊的桥梁，是人们心中永恒不变的璀璨明珠。

第八章　请收回目光

爱是纯洁的,爱的内容里,不能有一点渣滓;爱是至善至诚的,爱的范围里,不能有丝毫私欲。爱能融化冰雪,爱能打开心扉,爱能使人温暖。只要我们用爱心去关爱他们,爱会给予我们欢乐与力量。

充满爱心的世界，就是那跳动着温暖炉火的小屋；充满爱心的世界，就是那在航标灯的指引下驶进宁静港湾的航船；充满爱心的世界，就是那拥有绚丽色彩的画卷。朋友，献出你的爱心，这世界会更加美好！

第一章 充满爱心的世界

艾米丽

孩子们一看到美籍教师艾米丽那熟悉的身影，就欢呼着奔走相告，艾米丽老师来了，艾米丽老师来了！小小的操场上顿时是一片欢腾。艾米丽带来了一大堆礼物和各种游戏道具，准备陪孩子们过个迟到的儿童节。

前两年，艾米丽从地球对面来到路桥，开始了她的外交生涯，那年年底，她知道了这所聋哑学校，就开始坚持在这所学校开展志愿服务。说起和聋哑学校的首次触电，艾米丽兴奋地说，一开始，自己不过是和所在学校一起到聋哑学校开展活动，但活动时发生的那些事，那些渴望的面孔让她久久不能忘记。活动完了，重新回到正常的生活轨迹之后，聋哑学校的孩子们那简陋的学习环境和艰苦的生活条件却经常在艾米丽眼前浮现，甚至还几度落泪。

接下来，艾米丽就有了要帮助这些孩子的想法，她和自己的丈夫商量起这事。丈夫很严肃地想了想，认真地说，要做这事，也许要搭上整个人生，这很可能影响到我们将来的人生轨迹。丈夫的话不无道理，艾米丽也陷入了沉思，但后来发生的两件事却让她下定了决心。

一次是在电子数码城门口，艾米丽和丈夫买了手机正准备回家，却遇到警察抓住了一个小偷，小偷是个不会说话的聋哑人。艾米丽当时就流泪了，她对丈夫说，如果我不帮这些孩子，这就是他们将来的人生轨迹。另一次是在肯德基，艾米丽和孩子吃完晚饭正准备离开，却看到一个孩子蹲在肯德基门口，表情痛苦地按着肚子。艾米丽想着他大概是饿了，就买了一份套餐送去，没想到孩子一下子就跑开了，没过一会儿，孩子又折回来，用手语告诉艾米丽自己很饿。饿坏了的孩子接过艾米丽手中的食物，狼吞虎咽地吃，转瞬间的功夫就把一个鸡翅啃得干干净净。那孩子竖起大拇指说“谢谢”的表情，让艾米丽这辈子可能都无法忘记了。

艾米丽开始义无反顾地用自己的休息日在聋哑学校开展志愿工作，而聋哑学校的孩子也渐渐熟悉了这位来自美国的洋教师。

此刻的艾米丽又被学生们团团围在了中央，他们拿着她精心设计的游戏积分，到她那里去领取奖品，有绒布玩具喜洋洋灰太狼，还有各种文具用品。除此之外，每位聋哑学校的学生都能得到一份装满零食的节日礼物。

和其他志愿者不一样，艾米丽来这里从来不找领导，而是趁着课间主动走到学生中，和学生打成一片。她不像很多人那样只是在“六一”或者助残日才来送点东西，而是经常来聋哑学校和孩子们一起交流学习。而孩子们一说起艾米丽，都不约而同地竖起大拇指。一位聋哑孩子用手语说，艾米丽经常和他发短信，谈最近遇到的事，帮助他解答生活中的困难，给他学习和生活上的帮助还有鼓励。艾米丽老师还教我英语呢，那个学生自豪地说道。

艾米丽的善举感动了身边的很多人，如今他们已经形成一个团队，定期到聋哑学校开展各种活动。

在中国的这些时间，艾米丽把中文说得很流利，现在为了孩子们，她正在努力学习手语，16 岁就喜欢上中国文化的艾米丽，觉得自己现在也是名副其实的中国人了，她有一位中国丈夫，说着顺溜的中国话，工作也在中国，她爱中国，更想为中国的教育事业做自己力所能及的事。

现在，艾米丽不只满足于临时举办一些活动，他们为学校聘请了两名专业的舞蹈老师，让该学校有了舞蹈班。并正打算请国外的糕点师过来，教孩子们做西点，然后开个西饼店，聋哑孩子可以在厨房里做蛋糕，正常的孩子可以在前台接待顾客。将来，还打算在聋哑学校开设工艺品制作等实用技能课程。工作之余，她还联系了很多美国的朋友，他们都愿意加入到这个志愿活动中来。

人生小哲理

付出爱心会形成一种习惯和惯性，因为当你将你的爱心付诸于行动，帮助到别人的时候，你会从中感受到被需要和被尊重的幸福感，人活在世界上，最享受的事情莫过于得到他人的尊重和认可，这样你才有存在感，才不枉此生。艾米丽置身于慈善，她为了帮助别人付出了很多，其实，她收获的，远比付出的要多得多，因为爱心是无价的。

百灵是属于蓝天的

小宝的爷爷是个鸟迷，只要不刮风不下雨，爷爷就会一大早起来，提着鸟笼去散步。这天，小宝的二叔从鸟市上买回来一只百灵鸟，可把爷爷给乐坏了，他赶紧接过小鸟，仔细地观察：这只百灵全身呈灰褐色，胸脯上有一块明显的鲜红，细细的长腿足有五六厘米。小宝也凑了过来，嚷嚷着要瞧一瞧。

爷爷拿来鸟笼，小心翼翼地把百灵放进去，关上鸟笼的门。突然，小百灵像疯了一样不停地跳，不停地拍打翅膀，还用嘴使劲啄着笼子。一双漆黑的小眼睛流露出恐惧的目光。小宝心想：小百灵再也不能自由飞翔了，它一定是渴望飞回自己的家，飞回到妈妈的怀抱里。

小百灵还在不停地折腾着，原本光滑的羽毛变得乱蓬蓬的。二叔给闹烦了，喝了口凉水，“噗”地一声喷在小百灵的身上。小百灵浑身湿透了，终于有气无力地“趴”在那儿，让人看了不免有些心疼。

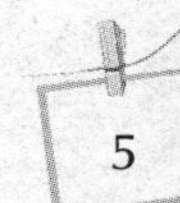

“小鸟吃什么呢？”小宝问爷爷。

“噢，对了，这鸟可能是饿了。”爷爷赶忙去拿自己配制的鸟食，结果小百灵只是嗅了一嗅，然后就再不理睬了。

“这可奇怪了，我配的鸟食，还没有哪只鸟不爱吃的，肯定是不饿。”说完，爷爷就把鸟笼挂在阳台上，就不再管它了。

一天，小宝和伙伴们在花园里捉住了一只虫子。

“准是只害虫。”有人说。

“咱们拿虫子去喂鸟吧，我爷爷有一只百灵鸟，可漂亮啦，叫声特别好听！”小宝对大伙说。

“行啊，行啊！”大家异口同声道。

大家拿着虫子，走到鸟笼旁，把虫子递过去，未等捏虫子的手松开，就

见鸟儿猛地一啄，一眨眼的工夫，那虫子已经到它的嘴里了。

第二天，小宝找到生物老师，描述了百灵鸟的外形，问老师百灵鸟是不是益鸟。老师淡定地回答道："这种百灵鸟原本是生活在草原上的，专吃害虫，而且食量大得惊人，一个夏天就能吃几千只害虫，可以毫不夸张地说，它可是草原的忠实卫士呢！"

听了老师的一番话，小宝心想："既然是益鸟，就应该把它放归大自然。可是爷爷那么爱鸟，会同意放吗？不管怎么样，我得说服爷爷。"小宝在心里下定了决心。

谁想，平时对小宝百依百顺的爷爷，一听要他放鸟，头摇得跟拨浪鼓一般："这鸟可是你二叔送给爷爷的，爷爷还指望着听它的叫声呢！再说，有我精心喂养，它用不着到处找食，这不是挺好吗？"

"那你能每天给鸟儿捉回几十只害虫来让它吃吗？"小宝也急了，把生物老师对他说的那些话又给爷爷讲了一遍。"这鸟可是咱们人类的朋友，对待朋友怎么能用'笼子'呢？"

小宝死磨硬缠，爷爷终于想开点了，叹口气说："唉！好吧！咱们明天早上就放鸟，今天晚上，就再让鸟儿陪我们一夜吧。"

"好的，好的！"小宝高兴得都要跳起来了。第二天清早，爷爷老早就起床了，拿起鸟笼左看右瞧。毕竟养了这么多天，就这样放了，还真是舍不得呀！

小宝也下了床，走到爷爷身旁说："爷爷可不许反悔哟！"

"爷爷向来是说一不二的。"

爷爷对小宝的不放心还有点不高兴。他打开了鸟笼，小宝轻轻地托起小百灵，手一扬，小鸟扑棱着翅膀，迎着冉冉升起的朝阳，向着蔚蓝的天空飞去，飞得是那么轻松自在……

人生小哲理

如果你喜欢一只鸟，那么请你准备一个鸟笼，不是为了禁锢那只鸟，而是为了把它送到更远的天空。小鸟本是属于蓝天的，我们爱惜它们，但不应该把它们关在笼子里，失去自由的小鸟，跟失去翅膀没什么区别，这对小鸟来说是残忍的。我们的爱心，不仅表现在关心人上，同时也要学会跟动物和谐相处。

第一百个客人

这是家不大的小吃店，因为价格不贵，所以中午的时候生意还好。

中午的客流高峰时间过去了，原本挤在这里的客人们开始慢慢散去，老板正要喘口气翻看报纸的时候，一个老奶奶领着个小男孩进来了。

“牛肉汤饭多少钱一碗？”奶奶坐下来，从贴身衣服里翻出钱袋子，掏出钱数了又数，叫了一碗汤饭，热气腾腾的汤饭。老太太把碗推到孙子面前，小男孩吞了吞口水，望着奶奶说：“奶奶，您真的吃过午饭了吗？”

“当然了。”奶奶含着一块酸萝卜泡菜慢慢嚼着。一会儿功夫，小男孩就把一碗饭给吃了个精光。

老板看到这情景，就走到婆孙面前对老太太说：“老太太，恭喜您，您今天运气真好！您是我们的第100个客人，所以免费……”

一个多月后的一天，小男孩蹲在小吃店对面，像是在数什么东西，让无意间望向窗外的老板吓了一大跳。

原来小男孩每看到一个客人走进店里，就用小石头在地上画个圈。但是午餐时间都快过去了，小石头画的圈却还不到50个。

老板似乎发现了什么，心急如焚的他马上打电话给所有的老顾客：“很忙吗？没什么事，我要你来吃碗汤饭，今天我请客。”像这样的电话打给了很多人之后，客人开始一个接一个地来……“81、82、83……”小男孩画圈画得越来越块，终于到了第99个，就在那一刻，小男孩匆忙地拉着奶奶的手进了小吃店。

“奶奶，这一次换我请客了！”小男孩有些得意地说。真正成为第100个客人的奶奶，让孙子招待了一碗热腾腾的牛肉汤饭。小男孩还学着一个多

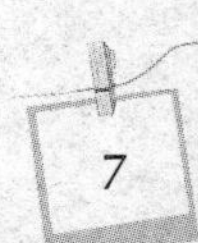

月前老奶奶的样子，嘴里含着块酸萝卜泡菜嚼着。

“也送一碗给那个小男孩吧。”老板娘不忍心地说。

“那小男孩正在学习不吃东西也会饱的道理呢！”老板笑道。

吃得津津有味的老奶奶问小孙子：“我要不要给你留一些？”

小男孩却拍拍小肚子，满足地说道：“不用了，我很饱，奶奶您看……”

人生小哲理

生活中有很多感动，那些看似很小的事情，但是却能够让人感动并且记得很久。因为爱心，所以人和人之间变得很亲密，所以在遇到困难的时候，才觉得浑身充满勇气和信心，敢于面对任何困难。当我们看到他人处于困境，适当的时候请别犹豫，也别始终冰冷围观，如果可以，请向他们伸出你的双手，帮他们一把，这不仅让他人感受到温暖，自己也能感受到快乐。

博大而真诚的爱心

哈杰·厄斯金是一个出生在贫穷人家的孩子。一天，一个可怜的老妇人上门乞讨，小哈杰的母亲竟毫不犹豫地将准备晚餐的几个便士，全部赠给了这个可怜的老人。当时，哈杰极其不理解，站在门旁用惊讶的眼神看着母亲，喃喃地说："我们今晚吃什么啊？"

母亲抚摸着小哈杰的头说："孩子，我们一次不吃晚饭没有关系，可是这个可怜的女人，如果再拿不到一个便士，就有可能在这个饥寒交迫的夜里死掉的。好孩子，你一定要记住，人要用一颗博大而真诚的爱心去帮助别人，那他会得到快乐和心中的安宁。"在母亲这种一心向善的思想的熏陶下，哈杰也在成长的过程中渐渐理解了母亲所说的"博大而真诚的爱心"是什么。

十几年后，哈杰·厄斯金也长成了一个心怀善念的小伙子。

一次，在朋友的化妆舞会上，他遇见了一位退役陆军上校的女儿劳拉·默顿。美丽的姑娘很快就被哈杰的英俊与善良所征服，两个年轻人坠入了爱河。但上校却因为哈杰的贫穷而不允许他们结婚。上校告诉哈杰："孩子，当你拥有一万英镑的时候再来找我吧，那时我们再谈你们结婚的事情。"

一万英镑！这对哈杰来说，简直是个天文数字。当时，哈杰的无奈与伤感，让他的朋友们很为他担心。

一次，哈杰到一个画家朋友家去散心，朋友正在画一张乞丐画像。给他做模特的是一个老乞丐，弓腰驼背，满脸皱纹，身上穿的衣服破旧不堪，一手拄着粗糙的木棍，一手伸出帽子做讨钱状。哈杰不禁动了恻隐之心，特别是当他听说朋友一小时只付给老乞丐10便士的报酬时，更是有些不平。他一刻也不想在这样吝啬的朋友面前待下去了，于是，从口袋里摸出自己仅有的

一英镑金币，塞到老乞丐的手中，只说声“再见”，转身就离开了……

第二天早晨，哈杰正在吃早饭，一个人来见哈杰，他说自己是大富豪古斯塔弗·纳尔丁先生的信使，他把手里的一封信交给哈杰后就告辞了。哈杰满腹狐疑地打开信一看，只见上面写道：“给哈杰·厄斯金先生和劳拉·默顿小姐的结婚礼物。一名老乞丐敬上。”信封里还有一张一万英镑的支票……

看着这仿佛从天而降的支票，哈杰立即想到了昨天在朋友家见到的那个老乞丐，难道他就是纳尔丁先生？他立即来到朋友家想问个究竟。朋友告诉哈杰说：“你走后，我就把你的爱情不顺告诉了那个‘老乞丐’，他就是纳尔丁先生。”

“其实，他来做模特，并不是想来挣钱，只是突发奇想，想看看自己如果是个乞丐会是什么样子。特别是当纳尔丁先生知道你正为一万英镑发愁，却又毫不吝啬地把自己仅有的一个英镑施舍给他这个‘穷人’时，老人感动了，他说：‘这样善良的年轻人，完全应该得到他想得到的幸福！’”。

人生小哲理

一个有爱心的人，即便没有那么多金钱，但是他应该获得属于自己的幸福，这是纳尔丁先生的心声，也是许多人的心声。有爱心的人，不管身处什么困境，也总有帮助他人的意识，这样的人是快乐幸福的，用哈杰母亲的话说就是：用一颗博大而真诚的爱心去帮助别人，那他会得到快乐和心中的安宁。

购买上帝的男孩

一个小男孩拿着个一美元的硬币，然后沿着街边的商家一家家地询问："请问您这里有上帝卖吗？"店主要么说没有，要么嫌他在捣乱，不由分说就把他赶出去。

天快黑了，终于有一家店主热情地接待了小男孩。这家店的老板是个60多岁的老人，慈眉善目。他笑着问小男孩："告诉我，孩子，你买上帝干吗？"小男孩流着泪告诉老人，他叫汤姆，父母很早就去世了，他是被叔叔布鲁斯抚养大的，叔叔是个建筑工人，前不久从脚手架上摔下来，至今还昏迷不醒。医生说，只有上帝才能救他，汤姆想着，上帝一定是一种非常奇妙的东西，我把上帝买回来，让叔叔吃了，他的伤就可以好了。

老人的眼圈润湿了，他问小男孩："你有多少钱？"

"一美元。"

"孩子，此刻上帝的价格刚好是一美元。"

老人接过硬币，从货架上拿了瓶"上帝之吻"牌的饮料，说："拿去吧，孩子，你叔叔喝了这瓶饮料就会好起来的。"

汤姆喜出望外，将饮料抱在怀里，兴冲冲地回到了医院，一进病房，他就开心地说道："叔叔，我把上帝买回来了，你很快就会好起来的！"

几天后，一个由世界上顶尖医学专家组成的医疗小组来到医院对布鲁斯进行会诊，他们用了世界上最先进的医疗技术治好了布鲁斯的伤。

出院的时候，费用单上那个天文数字差点把布鲁斯给吓晕过去。可院方告诉他，有位老人已经把账给付清了，老人是个亿万富翁，刚从一家跨国公司的董事长位置上退下来，隐居在本市，开了个杂货店打发时光。布鲁斯激动不已，

他立刻带着汤姆去感谢那位老人，结果老人已经出国旅游去了。

后来，布鲁斯收到一封信，是那位老人从外国寄来的。信中写到："年轻人，您能有汤姆这个侄子真是太幸运了，为了救您，他拿了一美元到处购买上帝……感谢上帝，是他救了您的命。但您请一定要记住，真正的上帝，是人们的爱心！"布鲁斯读罢信，百感交集，给老人回了封信，感激之情溢于言表，希望他能早日回国。

没过几天，老人就真回国了。回国后，没过几个星期，他还不幸得了癌症。汤姆和叔叔得到这一消息之后，马上就找到了那位老人。

老人看到汤姆来看望自己，很是高兴，突然又觉得很悲伤，因为他就要和这个世界告别了。小汤姆看到老人的眼角都挂着泪，伤心地说："老爷爷，您不能死，您一定不能死……"

听到这，老人的眼眶开始泛红了，说："小朋友，我……我不行了……你叔叔的……的病能治好，我很开心……"

布鲁斯说："我可真感谢您，是您把我的病治好的，给了我第二次生命，愿上帝保佑您，让您早日康复！"

"谢谢您的祝愿！"老人说，"但我很清楚，自己就快要不行了，康复是没有可能的。"

"您别说这么丧气的话，您不是说过，真正的上帝是人们的爱心，您只要心中有爱，我就相信您一定会康复的！"叔叔激动地说。

小汤姆也接过话来说："是的，爱是一定能战胜病魔的！"

一席话下来，原本已经没任何信心的老人重新开始对自己战胜病魔充满了信心，就算真的没得治了，也要好好过好每一天。

就是抱着这样的希望，老人的病情开始一天天好转，经过几个月的治疗之后，几乎完全康复了！这消息一传开，电视上、报纸上都登满了这消息。小汤姆再次去看望老人，老人高兴地对他们说："哈哈，我真的好高兴，我的病居然好了！是你们让我战胜了病魔！"

人生小哲理

真正的上帝，是人们的爱心，真正能够战胜病魔的勇气和信心，同样来自人们的爱心。爱心很小，但是在最关键的时候，它能发出令人振奋的力量，这种力量让人不畏惧病痛，不害怕死亡，而是以更大的勇气和决心战胜它。

借鞋的故事

那天是入夏以来最热的一天，街上的行人来去匆匆，都只为寻找一处阴凉的歇脚处，很自然的，街角的那家冰激凌店就成了最受欢迎的地方。

下午，最热的时刻，一个叫安娜的小女孩儿手里攥着几个硬币进了店，她只想买一只最便宜的甜筒。可在店门口她就被侍者拦住了，侍者示意她看看门上挂着的启事，安娜的脸一下子红了，她感到店里那些衣冠楚楚的顾客的目光一下子都集中在了自己的补丁衣服上。她红着脸转过身，想着赶快走出去。

但她并没有发现，店里那位高个子先生悄悄起身，跟在她后面，走出店门。

高个子先生顺着安娜的目光看去，那牌子上写着“赤脚者免进”几个字，他还清楚地看到这个贫穷小姑娘眼里噙满的泪水。

他叫住正要离开的安娜，然后做了一个谁也想不到的动作。

他脱下了脚上那双 12 号的皮鞋放在她面前。

“嗯，孩子，”他轻松地说，“我知道你不喜欢它们，它们的确又大又笨，但它们却能带你去吃美味的冰激凌。”他弯下腰，帮安娜穿上大皮鞋。

“快去买冰激凌吧，好让我的脚先凉快凉快。我就坐在这里等你，你走路一定要小心哦！”

安娜感激得说不出话来，她红扑扑的笑脸，肯定是骄阳下最甜蜜最灿烂的花朵。她穿着那双特大号的皮鞋，摇摇晃晃地、一步一步地走向冰激凌柜台。店堂里突然就安静下来了……

那位叔叔始终没有告诉安娜自己的名字。但是安娜却会一辈子记得这个叔叔，记得他高高的个字，宽大的鞋子，还有博大的心。

人生小哲理

好人大多的时候都是不留名的，我们把他们叫作雷锋。那位叔叔把自己的鞋子给小女孩穿上，他也许只是单纯地想着让她吃到冰激凌，但是对小女孩来说，这意义就不一样。同时，这件事也给周围的人上了一节课，它教会我们，在别人需要帮助的时候，请不要吝于付出，把我们的爱心，献给需要的人。

劳动成果

遥远的沙漠里有片绿洲，一个老人跪在地上，拿铁锹在挖沙土。

一个旅人经过，停下来给骆驼喂水。他看到满头大汗的老人，便上前打招呼："你好呀，大爷。"

"你好，"老人一边回答，一边继续干活儿。

旅人问："这么热的天，你在这里挖什么呢？"

"我在播种。"老人说。

"你要在这里种什么？"

"椰枣。"

"椰枣？"旅人惊讶地说，那副表情就像是听到了最愚蠢的笑话，"你的脑子被烤坏了吧，大爷。走，你还是放下铁锹和我一起去店里喝一杯吧。"

"不，我得先把种子播种完，然后我们可以喝一杯。"老人说。

"告诉我，大爷，你多大年纪了？"旅人问。

"我不记得了呢，60，70？还是 80……我真的忘记了……这也不重要。"

"大爷，椰枣树要长几十年才能结出果实。我希望你能长寿，能活到 100 岁，但就算那时候你也很难收获今天劳动的成果，还是别干了吧。"旅人劝说老人道。

"我吃的椰枣都是前人种下的，播种的人也没有梦想吃到自己种的椰枣。我今天播种，是为了让后人能吃到我种的椰枣……虽然我也并不知道谁会吃到我种的椰枣，但我想，我这份辛苦是值得的。"

听完老人的话，旅人说："很感谢你给我上的这一课，请收下我的学费。说着，他把钱袋子递给老人。"

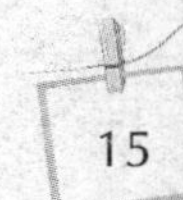

“谢谢你的钱，朋友，你看，事情往往就是这样的，你认为我无法收获自己的劳动成果，但我还没播完种子就收获了，一袋钱和一位朋友的谢意。”老人笑着说道。

人生小哲理

正所谓种瓜得瓜，种豆得豆，播种爱心，也一定会有所收获，正如沙漠上种植椰枣的老人，他辛辛苦苦种了那么多年的椰枣，兴许这辈子都吃不上，但是他觉得播种的过程就是收获的过程，只要想着后代的人能够吃得到，他就觉得这事值得。这是一种爱心在无声地传播，世上许许多多具有这样爱心的人在传播着他们的爱，我们在享受的时候，别忘了也向别人献出自己的爱心。

棉袄与玫瑰

在小镇最阴湿寒冷的街角，住着杰克和妻子安娜。杰克在铁路局干一份扳道工兼维修的活，又苦又累；安娜在做家务之余就去附近的花市做点杂活，以补贴家用。生活是清贫的，但他们是相爱的一对。

冬天的一个傍晚，小两口正在吃晚饭，突然响起了敲门声。安娜打开门，门外站着一个冻僵了的老人，手里提着一个菜篮。“夫人，我今天刚搬到这里，就住在对街。您需要一些菜吗？”老人的目光落到安娜缀着补丁的围裙上，神情有些黯然了。“要啊，”安娜微笑着递过几个便士，“胡萝卜很新鲜呢！”老人混浊的声音里有几分激动：“谢谢您了！”

关上门，安娜轻轻地对丈夫说：“当年我爸爸也是这样挣钱养家的。”

第二天，小镇下了很大的雪。傍晚的时候，安娜提着一罐热汤，踏过厚厚的积雪，敲开了对街的房门。

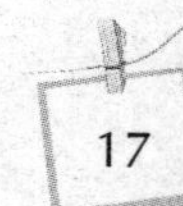

两家很快结成了好邻居。每天傍晚，当杰克家的木门响起卖菜老人“笃笃”的敲门声时，安娜就会捧着一碗热汤从厨房里迎出来。

圣诞节快来时，安娜与杰克商量着从开支中省出一部分来给老人置件棉衣：“他穿得太单薄了，这么大的年纪每天出去挨冻，怎么受得了？”杰克点头默许了。

安娜终于在平安夜的前一天把棉衣赶成了，铺着厚厚的棉絮，针脚密密的。平安夜那天，安娜还特意从花店带回一枝处理玫瑰，插在放棉衣的纸袋里，趁着老人出门卖菜，放到了他家门口。

两小时后，杰克家的木门响起了熟悉的“笃笃”声，安娜一边说着“圣诞快乐”一边快乐地打开门，然而，这回老人却没有提着菜篮子。

“嗨，安娜，”老人兴奋地微微摇晃着身子，“圣诞快乐！平时总是受你们的帮助，今天我终于可以送你们礼物了！”说着老人从身后拿出一个大纸袋。“不知哪个好心人放在我家门口的，是很不错的棉衣呢。我这把老骨头冻惯了，送给杰克穿吧，他上夜班用得着。还有，”老人略带羞涩地把一枝玫瑰递到安娜面前，“这个给你。也是插在这纸袋里的，我淋了些水，它美得像你一样。”

娇艳的玫瑰上，一闪一闪的，是晶莹的水滴。

人生小哲理

即使无意间付出爱心，但受益的人会感激着、惦记着。最开心的事情莫过于你的无意之举，在多久之后的某一天，让那个受到帮助的人以行动表示对你爱心的感激，就像文中的老人，他一直将安娜对他的爱心铭记在心，并懂得感恩和回报。爱心，是真的可以温暖人心的。

爱心是一片照射在冬日的阳光，使贫病交迫的人感到人间的温暖；爱心是一泓出现在沙漠里的泉水，使濒临绝境的人重新看到生活的希望；爱心是一首飘荡在夜空的歌谣，使孤苦无依的人获得心灵的慰藉。

第二章 爱心是照射在冬日的阳光

平常心

有一次去挤公交车，看到一个大腹便便的孕妇站在一个少女旁边，孕妇神态自若，大概是想象着肚子里的小宝贝在干啥，所以脸上时不时就露出甜蜜而幸福的笑容。她旁边的少女反倒表现得极为不自然，自从孕妇站在她旁边的那一刻起，她的脸就始终朝着车窗外，假装没有看到站在她旁边的即将做妈妈的人在那里随车晃动。

她只是假装没看到，因为事实上她是看到了的，周围的乘客们也看到的。所以她的表情看起来很是别扭和不自然，不光如此，她的那种熟视无睹和若无其事也是装出来的，这样一来，她的心里也很别扭了。我挤在公交车上的人群中，但是我可以很清楚地看到这样一幕：少女有座位可以坐，但她坐着的心情却一点也不轻松，一点也不舒畅，躲躲闪闪的目光出卖了她的不安。孕妇没有座位坐，但她的心情却很愉快，从她脸上淡定的笑容就可以看出她的幸福和愉悦，那种从内心深处洋溢出来的愉悦，愉悦着自己，也愉悦着别人。

这时候，离孕妇好远的一个中年男子起身，为孕妇让了座位，随后，他一只手抓着扶手，另一只手拿着张报纸看，又过了几个站，中年男子哼着小调就下车了。

孕妇没觉得别人必须要为自己让座，所以，在开始的时候，没人为她让座，她不抱怨，反倒是怡然自得地保持着平常心，还有那个离她好远的中年男子，看到了好远处的不方便的孕妇，主动让座后，也不影响自己不方便看报纸的心情，同样也是保持着一颗平常心。反倒是那个一直有位子坐的少女，浑身不自在地在那里坐着，一个人难受。

人生小哲理

平常心，会让人少了很多对生活的抱怨，以更轻松的心态面对生活。在现实生活中，我们遇到不公的对待，或者看到不公平现象的时候，不要急于抱怨，甚至是恶言相向，保持一颗平常心就好了。当你能够帮助他人的时候，别吝啬自己的付出，别一心只顾自己舒服而不顾及旁人的感受，向他人伸出手，你才能握住幸福。

农夫家的羊

很久以前，一个农夫家里养了三只小白羊和一只小黑羊。三只小白羊常常为自己雪白的皮毛骄傲，而对小黑羊不屑一顾："你看看你身上像什么，黑不溜秋的，像锅底。""像穷人穿了几代的旧被褥，脏死了！"

就连农夫也瞧不起小黑羊，常给它吃最差的草料，还时不时抽它几鞭。小黑羊过着寄人篱下的日子，经常伤心落泪。

初春的一天，小白羊与小黑羊一起外出吃草，走出很远。不料突然下起了鹅毛大雪，它们只得躲在灌木丛中相互依偎。不一会，灌木丛周围全铺满了雪，因为雪太厚，小羊们只好等待农夫来救它们。

农夫上山寻找，起初因为四处雪白，根本看不清羊羔在哪里。突然，农夫看见远处有一个小黑点，跑过去一看，果然是他那濒临死亡的四只羊羔。

农夫抱起小黑羊，感慨地说："多亏这只小黑羊呀，不然，大家都要冻死在雪地里了！"

人生小哲理

这个世界上，就算再卑微的人，也有他的价值，我们不要以貌取人，更不要嫌弃他们。没准，在你最需要帮助的时候，帮助你的那个人却是你当初最看不起最嫌弃的人。献爱心和这也是一个道理，不要带着世俗的眼光去看待它，爱心是一种最纯粹的原始的情感。

让座的老人

那年，我去广州参加考试，五月的广州已入夏季，烈日炎炎。

我从考场出来，便坐上一辆公交车。当时正值下班高峰期，车上人挤得不行，好不容易找到一个位置站好。连日来的熬夜、复习应付考试，搞得我累极了，加上那天特别热，想到下午还要考试，闻着车上的一股汽油味，我也顾不上那么多了，随便抓着个扶手就闭上双眼，任由身子在车上摇晃……

突然，总感觉好像有人在拽我的衣服，我只是警觉地把包抱得更紧，然后继续闭着双眼任由身子随车晃荡。没一会，我的衣服又被拉了几下，还听见有人喊："姑娘、姑娘！"寻声望去，见一位老太太斜侧着身子，一手用包占着个座位，一手不住地拉我的衣服。老太太的头发全白了，她见我看过来，焦急地说："姑娘，过来坐吧，我看你挺累的！"我一看是老人家，怎好坐她的座位呢？连声说："谢谢，不用了，您坐吧。"我坚决不坐，尽管我很累，两条腿早已站得发麻，快要支撑不住了。但我哪能去坐她的位置，一个老年人给我这个年轻人让座岂不让人笑话？

老人大概是看出了我的心思，接着说："过来坐吧，我要下车了。"说完就提着包站了起来。原来这样！我不再反对什么，艰难地挤过人群坐在了老人的座位上。哇，真舒服！车子继续缓慢地向前移动。不知过了多久，我的目的地到了，起身准备下车，就在我转身的瞬间，我竟然看到了一个熟悉的身影：是她，她不是下车了吗，怎么还在车上？老人对着我笑。那一刻我一切都明白了。

几年过去了，已经走上教学岗位的我，常和我的孩子们分享珍藏在我心底的这份感动——公交车上的爱心故事，告诉他们文明就在我们身边，感动

就在我们身边，共建和谐社会需要我们的爱心。

人生小哲理

助人为乐，帮助他人，我们会感到快乐。公车上让座这事情每天都会发生，给老弱病残孕让座的思想已经深入人心，但当我们享受着这些点滴爱心的时候，应学会感恩，学会回报。用自己的爱心，去帮助更多的人，这样我们觉得有意义，才会感到快乐。

手机号码让人流泪

那天正走在路上，手机突然就响了。话筒里是个稚嫩声音的小女孩儿："爸爸，你快回来吧，我好想你啊！"凭直觉，我知道这个电话肯定是打错了的，因为我没有女儿，只有一个5岁的儿子。这年头，打错电话的事时有发生，也是很正常的。我只得没好气地说了句："打错了！"然后就挂电话了。没想到接下来的几天里，这个号码还是不时地打过来，简直是烦死我了。有时候我态度粗暴地回绝掉，有时候我就干脆不接。

这样持续了好几天，这个号码又一次打过来，和往常不一样的是，在我始终没接的情况下，那边一直在坚持不懈地拨打。我终于耐着性子开始接听，还是那个小女孩，有气无力的声音："爸爸，你快回来吧，我好想你啊！妈妈说这个电话没打错，是你的手机号。爸爸我好疼啊！妈妈说你工作忙，天天都是她一个人在照顾我，都累坏了。爸爸，我知道你很辛苦，如果来不了，你就在电话里再亲妞妞一次好吗？……"孩子天真的要求，我没法拒绝。就对着话筒响响地吻了几下，只听到孩子那边断断续续的声音："谢谢……爸爸，我好……高兴，好……幸福……"

就在我开始对这个打错的电话发生兴趣的时候，我把电话拨过去，接电话的不再是那个小女孩儿，而是一个低沉的女声："对不起，先生，这段日子一定给您添了不少麻烦，实在对不起！我本想处理完事情以后给您打电话道歉的……这孩子的命很苦，得了骨癌，她爸爸前不久……又被一场车祸夺去了生命……我实在不敢把这个消息告诉她，每天的化疗，时时的疼痛，已经把孩子折磨得够可怜的了。当疼痛让她实在难以忍受的时候，她嘴里总是呼喊着以前经常鼓励她要坚强的爸爸。我实在不忍心看孩子这样，那天就随

便编了个手机号……”

“那孩子现在怎么样了？”我迫不及待地追问道。

“妞妞已经走了，您当时一定是在电话里吻了她，因为她是微笑着走的。临走时小手里还紧紧地攥着那个能听到‘爸爸’声音的手机……”

人生小哲理

当你因为生活的忙碌，挂掉了那一通打错了的电话，而不愿意多出一点耐心去倾听一个陌生人的请求，你可能会因此断绝了另一个人的希望，也许再多一点耐心，就不至于等到事情到了无法挽回的时候，才去后悔。所以，我们要学会付出，在拒绝别人之前多一点耐心。

眼睛

埃里克·西尔觉得，这只卧在他脚旁瘦骨嶙峋的小狗也许只有五周大。这只杂种小狗半夜被人扔在西尔夫妇家前门口。

“不要说了，”埃里克对他的妻子杰弗里说，“回答是绝对的‘不可能’！我们不打算养它。我们不需要再养只狗。若真要养，就养只纯种的。”

“我们不能就这么把她扔在门外，”杰弗里哀求道，“我把她喂饱，给她洗澡，然后给她找个家。”

小狗站在他俩中间，好像知道他们在决定她的命运，瞅瞅这个，看看那个，试探性地摇了摇尾巴。埃里克注意到，虽然小狗瘦骨伶仃，全身的毛没有光泽，但那双眼睛却明亮而又充满活力。

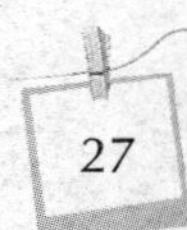

埃里克最后无可奈何地说道：“好吧，你想照顾她，随你吧！不过你要明白这种海因茨杂种狗，我们不需要。”

杰弗里把小狗抱在怀里，然后和埃里克往房子里走去。“还有，”埃里克接着说，“过几天再让她到特克斯那里。不要再给特克斯添麻烦了，他已经够辛苦了。”

特克斯是只牧羊犬，西尔夫妇把它从小养大，现在已经 6 岁了。它是由澳大利亚牧场主培育的品种，特别温驯纯良。它的窝里已经有了一只黄猫，但腾出地方给这只被西尔夫妇叫作海因茨的新来的小狗，它还是很高兴的。

海因茨到家没多久，西尔夫妇便发现特克斯的视力越来越差。兽医认为特克斯患了白内障，也许可以通过手术去除。但是达拉斯眼科专家给特克斯检查后认为，白内障只是导致他视力衰弱的部分原因。专家在当地大学的兽医学实验室为它预约了门诊。实验室的医生们判定特克斯早已失明，并解释道，

即便发现得早，药物或手术都不可能阻止或延缓它的视力衰退。

回家的途中，西尔夫妇在谈话中想起，其实在几个月前，他们看到过特克斯如何在黑暗中生活，现在他们才终于明白了，为什么特克斯有时会撞到开着的门，或者鼻子会撞到铁丝围栏上；为什么它总是沿着石子道走动：因为如果走错了路，它还可以摸着走，直至再回到石子道上来。

西尔夫妇为特克斯失明的事忙碌着，弹指间，海因茨已长得胖嘟嘟的，活泼好动，那身深棕黑色的毛已变得健康而有光泽。

显然，这只德国杂种小牧羊犬很快就会长成大狗，再和特克斯及黄猫住在一起已经是不可能了。于是，一个周末，西尔夫妇又在原有的狗屋旁建了间新的狗屋。

也就在那时，他们才意识到，原来看到海因茨跟特克斯玩耍时又是拉又是拽，以为是小狗爱瞎闹，但后来发现，这其实是有原因的。

每天傍晚，当狗狗准备睡觉时，海因茨就用自己的嘴巴轻轻咬住特克斯的鼻子，然后把它引进狗屋。早上，海因茨叫醒它，再把它带出狗屋。当两只狗靠近门口时，海因茨就用自己的肩膀引着特克斯穿过门口。当它们沿着狗圈围栏奔跑时，海因茨就在特克斯和围栏之间奔跑。未经任何训练或辅导，海因茨便充当起了特克斯的导盲犬。

“天气暖和时，特克斯就把四只腿伸开，睡在柏油车道上，”杰弗里说道，“车快开过来时，海因茨就拱醒他，使他脱离危险。许多次，我们都看见海因茨把特克斯从马路边推开。起初我们不知道他们俩能并排在牧场上奔跑的原因。后来有一天，他们陪着我遛马，我听见海因茨在‘说话’，原来她在不断发出轻轻的咕噜声，让特克斯在她旁边跑。”

西尔夫妇很是佩服海因茨。这只年轻的狗未经任何训练，就想方设法帮助、指引和保护它失明的同伴。

显然，特克斯不仅分享了海因茨的眼睛，还有它的心。

人生小哲理

爱心是一种非常伟大的情感，正因为有了爱心我们这个世界才会处处充满爱。对需要帮助的人做一些力所能及的事情，不仅帮助了别人，也帮助了我们自己。所以，对那些需要帮助的人，伸出自己的援助之手吧！

雨中的温暖

那天下午，我正走在街上，忽然下起暴雨。我赶忙躲进附近的一家运动鞋专卖店里。一个女服务员看到我进来，就笑着向我走来，问道：“先生，您穿多大尺寸的鞋？”估计这个服务员以为我是进来买鞋的。我就很直接地对她说：“对不起，我不是来买鞋的，外面下雨了，我想在这里躲会儿雨，可以吗？”女孩笑了，对我说：“当然可以！”

我不善言谈，就在专卖店门口那里站着，但是一直站在这里不买东西，又总觉得有些不自然。

这时，一直坐在柜台里面的老板对我说：“先生，过来说会儿话吧。你闷着也是闷着。”

老板微笑着对我说：“20年前，我在这里打工，有一次我刚从工地扛完水泥回到出租房，天下起大雨来，我就躲进一家餐馆里，餐馆里全是吃饭的人。可是我不想吃，因为我根本就不饿，而且我也不舍得花钱，我就在一个角落里坐着。这时，进来躲雨的人越来越多，为了找一个恰当的理由在这里坐着，每个人都或多或少要了一点东西。屋里的人越来越多，我不吃饭，不能占着座位，就站起来把座位让了出去。那天饭馆里的人都在吃东西，只有我一个，只有我一个人站在门口那里看着外面，很不舒服。”

“就在此刻，饭店老板娘走了过来，问我，‘师傅，您是工地上的吧？’我点了点头。‘那麻烦您帮我到厨房看一下，吊个棚要多少钱？’我说：‘按平方算。’‘那您帮我算一下吧。’正好我站在那里有些尴尬，便进了后厨，老板娘找来卷尺……一个中年模样的人进了后厨，看我们正在量面积，就对老板娘说：‘吴姐，后天你们就搬走了，现在量这干什么？’‘我们想着不

搬了！’老板娘大声地说。”

“帮她量完了，算好了费用，外面的雨也停了，我就离开了餐馆。再过几天，我饿了去那家餐馆吃饭的时候，才发现那里已经换人了。就从那天开始，我就开始怀念那个老板娘，怀念那个下雨的下午。那个下午让我永远铭记。”

专卖店的老板接着说：“今天看你进来躲雨，我就又想起以前的自己了，所以就给你讲了这个故事。如果我不找你说一会儿话，我想你的感觉应该和那时的我一样……”

听完这话，我的心里也突然暖暖的……

人生小哲理

有爱心的人，同时也会是个细心的人，他不仅一眼看出你的窘态，也可以用适当的方式让你有台阶下，不至于在人群里那么尴尬。爱心很简单，几句话就能够温暖一个人的心，一个举动就可以让他人感恩很久，我们没有理由吝于付出，因为只有付出，你才会收获更多的快乐。

只好奉献生命

他等海伦等了两个小时也没等到人，然后，他决定回家。他心情极度忧郁，看到两个人在家门口时，更不爽了。

两个人中，一个是巡警，另一个是邻居，吉姆，他的老同学。

“汤姆，”吉姆努力掩饰自己的情绪说，“这是巡警罗宾逊，我们可以进去坐会儿吗？”

“当然可以，出什么事了？”汤姆边问边向民警点头。

他们进入客厅，汤姆准备饮料的时候，吉姆说话了，他的话断断续续，但汤姆却听得明明白白：“汤姆，海伦出事了……今晚在火车站……门开了……她掉下去了……”

他描述了故事的经过，但是汤姆好像什么都没听见。

在后来的几天里，家里人来人往，然后，汤姆拒绝与周围的人来往，他无法接受和海伦永别的现实。

医生说他神经错乱，建议他接受心理治疗。

但汤姆谁也不见，葬礼之后，他甚至从未出过家门。他忘不了过去的事，甚至常常在想，如果花些时间去办公室接她，如果花些时间谈谈他们的问题，如果……可惜，这个世界上没有如果。

半年后的一天，汤姆终于同意和朋友一起出去晚餐，地点定在一个小时车程的酒吧。他谢绝了朋友们接送，决定自己开车去。

他提前出发，以防堵车。

天渐渐黑了，他注意到右前方一片混乱，有房子着火了！好多人聚在那里，哭喊声交织在一起……他跳下车，向最近的那所房子跑去……空气中弥

漫着焦糊味，他的周围烟雾缭绕，一片狼藉。烧伤的人躺在地上，惊恐万状。他径直向第一所房子奔去。

整栋房子几乎都被火吞噬了，只有顶层靠右边的一间屋子没被烧到，一伙人在拼命地阻拦一位绝望的妇女，她在不停地喊着："安妮！保罗！"

在嘈杂的人堆里，没有人听到安妮、保罗的名字，但是汤姆听到了。他毫不犹豫地冲进了房子，在房内，他找到一条毛巾，将它浸湿，一边上楼一边用湿毛巾裹着脸，然后迅速扫了眼房内的格局，左边是火，右边是关紧的门。他去摸门把手，很烫。他解下湿毛巾，包着门把手后将门打开了。

大火蔓延得很快，窗帘、椅子、地毯……到处都是火，他呼吸困难，蹲着身子躲避烟火的时候发现了角落蜷缩着的两个孩子。

"安妮！保罗！"他大叫着，屋顶在吱吱作响，汤姆知道他们的时间不多了。火焰弥漫开来，整个屋子都在火海里，孩子们晕倒在他的双臂上。他尽量用身体护着孩子，跳过大火，找到下楼的阶梯，摸索着前进。几次要栽倒，他甚至没有感觉到火舌已吞尽衣服，舔到皮肉。但臂上的生命却一直支撑着他。

模糊中，他看到了门，和一个男人的轮廓。臂上的重量被卸下……孩子们，照顾好孩子们……再后来，他就什么都不知道了。

不知道过了多久，他在浑身疼痛中醒来，然后，挣扎着要说话。"孩子，安妮，保罗……"

"他们很好。"他听到人说。

"谢谢你，汤姆先生。"还有人说。

"很好……"他低声说。然后就看到一张熟悉却很模糊的脸，海伦，是海伦……突然间，所有的疼痛都消失了，光明出现，没有了血，没有了疼痛，只有光明……

他终于又和海伦在一起了，而且，他们永远不会再分开了。

他的墓碑上写着：他没有时间了，只好奉献生命。

人生小哲理

汤姆失去了心爱的海伦，却没有失去爱。他没有时间了，只好奉献生命，他把自己的爱化作最后的行动，拯救了危难中的孩子。他的生命虽然消失了，但他生命的价值却得到了升华。往往在生命最后的关头，人会表现出一种大爱，这种爱超越了生死，化成了永恒。

钻 戒

从前有个国王，生性残暴，喜欢侵略，他还只是王子的时候，就想着有一天要占领整个世界，常常催促父王和邻国作战。

老国王非常担心，却不能改变王子的本性。老国王很老了，病情一天比一天重，临死时他把王子叫过来对他说："我快死了，我要把王位传给你，可是很担心，我们的祖先一向是以仁爱来统治国家，希望你也能心存仁爱。"

说到这里，老国王就把手上的钻石戒指取下来，戴在王子的手上，说："我死了以后，希望你看到这个戒指就想到仁爱，因为这世界上的每一个人都是父母最疼爱的孩子。"

说完，老国王就去世了。

王子一开始很伤心，也想按照父王的教诲心存仁爱，可是他想，如果不占领整个世界，我怎么能让所有人都得到我的仁爱呢？因此，在他当了国王以后，就开始训练军队，告诉臣民，为了让全世界都分享到我们国家的仁爱，我们一定要攻打他们的国家，杀掉他们的国王，占领他们的土地！

在国王的领导下，从大臣到百姓都变得非常残暴、喜欢侵略，他们每天都到处征战，侵占别人的国土，杀死抵抗的人民，于是国土越来越大，百姓也越来越残忍。

可是，有战争就会有死伤，这一国的百姓一天比一天少。有一天，国王的独生子也在战争中牺牲了。国王伤心地看着自己手上的钻石戒指，想起老国王的话，知道仁爱才是解救人民的唯一方法，顿然醒悟。但他的大臣、军队和百姓都已经变得非常凶残，难以改变了。

国王就想出一个办法来，他首先叫人找来一口锅、一堆柴火放在大殿上，

然后召集所有大臣和将领，在众人面前忏悔。众人纷纷不信，不相信国王是真心改过。

国王再命令侍卫把火生起来，将锅里的水煮开了，然后，把手上先王留下的价值连城的钻石戒指取下来，丢进滚烫的锅里，再对大家说，现在谁能用手从这个锅里把戒指拿出来，我就把戒指送给他。

大臣们一阵喧哗，却没人敢去伸手拿戒指。

国王叫人把柴火拿走，然后在开水里加了很多冷水，自己伸手从锅里把戒指拿出来戴回在手上。他说，戒指虽然是很贵重的东西，但一定要在平静清凉的水中才能拿得出来，从前我们讲仁爱，却到处征战、杀戮，就好像把戒指丢进开水里一样。现在我宣布不再打仗，就好像把柴火拿掉。我忏悔，就像把冷水加到锅里，这样就能够很轻松地把戒指拿出来。钻石戒指再宝贵，如果一直放在开水里，也永远没有用啊。

国王的话最终感动了战士和臣民们，从那以后，国家就再没有战争了，人人都过着平安快乐的日子。

人生小哲理

“仁政”是孔子提出为政以德，宽厚待民，施以恩惠，有利争取民心的政治方略，其中最基本的精神是“爱人”，时至今日这种哲学思想依然适用。因为不管在哪个年代，仁爱并不能少，现代社会更需要“爱人”的精神。不懂得“爱人”，缺少仁爱的社会，是无情的社会，是冷漠的社会。

爱心带来的意想不到的收获

在欧洲的某一个小渔村里，曾经有一位非常勇敢的少年，这位少年用他的实际行动使世界的人们懂得了什么叫无私奉献爱心的报偿。

那是一个非常漆黑的可怕的夜晚，海里的巨浪打翻了一艘渔船，船上的船员们危在旦夕。那些船员们发出了求救信号，而救援队的队长正巧在岸边，听见了警报声，便紧急召集救援人员，火速搭上救援艇冲进海浪中。

那个时候，那些忧心忡忡的村民们全部聚集在海边祷告，希望那些被困的船员们不要出事。村民们每个人手里都举着一盏提灯，以便照亮救援人员返家的路。

大概过了一个小时之后，救援艇冲破了浓雾，向岸边驶来，站在岸上的村民们喜出望外。当他们十分兴奋地跑到海滩时，却听见救援队长说："因为救援艇的搭载量有限，无法搭载所有遇难的人，我们没有办法，只好留下其中的一个人。"

原本欢欣鼓舞的人群，听见还有一个人没有营救下来的时候，顿时都安静了下来，所有人的情绪再次陷人慌乱与不安中。

救援队长已经来不及休息了，他立即组织第二批自愿救援者，准备再去营救那个最后被留下来的人。

这时，站在一边的汉斯立即上前报名，但是汉斯的妈妈却阻止了他，因为那一年汉斯才十六岁。汉斯的母亲说："汉斯，妈妈求求你不要去了，你爸爸就是死在十年前的海难中的，你的哥哥三个月前就出海了，但是至今依旧没有任何消息回来。你不要离开我，你现在是我唯一剩下的亲人了！"

望着年迈的母亲，汉斯心里很痛苦，但是他依旧坚强地对母亲说："妈妈，

我必须去，如果我们每一个人都对自己说我不能去，叫别人去吧，那将会出现一个怎样的情况？妈妈，这是我的责任，您就让我去吧，只要还有人需要帮助，我们每个人都有义务竭尽全力地救助他。”

汉斯紧紧地拥抱并亲吻了一下自己的母亲，然后义无反顾地登上了救援艇，和其他救援员一起冲入到无边无际的黑暗中去了。

又过去了一小时。

层层迷雾中出现了那艘救援艇，它高高地立在人们的视野中。所有人，都看见了站在船头的汉斯。他们朝汉斯大声喊道：“汉斯，你们找到留下来的那个人了吗？”

汉斯开心地朝远远的人群挥着手，大声喊道：“你们放心吧，我们已经找到他了，他就是我的哥哥保罗啊！”

人生小哲理

现实中并不缺少像文中妈妈那样的角色，想要安分守己地过一生，不招惹麻烦也不去惹别的事。其实，就像文中的小主人公说的，每个人都说自己不去，让别人去，那这个世界就是冷漠的。有的时候，付出一点爱心，得到的，却是你意想不到的收获。就像歌里唱的“只要人人都献出一点爱，世界将变成美好的人间。”因为有爱，世界才变得如此美好。

爱心的力量

昏昏欲睡的午后，列车在郊区快速地行驶着。

到站了，车门打开，原本的宁静被一个醉醺醺、脏兮兮的块头很大的男人打破了。他狂呼乱叫、不知所云地怒骂着，摇摇晃晃地走进车厢，尖叫着扑向一个怀里抱着个婴儿的年轻母亲。这一扑，让母亲一下子倒在一对老夫妇的腿上。幸运的是，婴儿没受伤。老夫妇吓坏了，他们跳起来，向旁边逃走。

这事发生在二十多年前，我还很年轻，还有副健壮的好身板。

年轻的我站了起来。醉汉看我站起来便咆哮道："啊哈！你需要上一节礼仪课。"他冲到我面前，就在他要动手的那一刹那，有人大喊一声嗨！震耳欲聋的一声喊。我们回头，看到一位身材矮小的老人，70 来岁，穿着整洁的衣服坐在那里。他没有看我，却冲着那个醉汉眉开眼笑，"到这儿来。"老人此刻用舒缓的语调说道，"到这儿来，和我聊聊天。"

醉汉挑衅地站到老绅士面前，吼声盖过了车轮发出的噪声，"混蛋，凭什么和你聊天！"老人家依旧微笑着："你喝的是什么酒啊。"他眼睛里闪烁着饶有兴趣的光芒。

"我喝的是清酒！"醉汉怒吼道，唾沫星子四处飞溅。

"哦，太好了！"老人说道，"我也喜欢喝些清酒，每天晚上，我和我的妻子——哦，她今年 76 岁了——我们会温一瓶清酒拿到花园里，坐在长长的凳子上看日落，顺便查看下柿子树的长势，柿子树是我们的曾祖父种下的，我们一直在担心着它是否能从去年的冰灾中坚强地活下来，不过如今的它情况比想象中恢复得还要好。"老人抬头看着醉汉，眼里闪着光。

醉汉不耐烦地听着，脸上的表情却告诉我们他已经渐渐缓和了下来，紧

握的拳头也开始慢慢松开。“我也喜欢柿子树……他喃喃道。”

“是吗？”老人微笑着说，“那你肯定也有一位好妻子吧。”

“不！我的妻子死了！”醉汉开始啜泣，“我不应该没有家，不应该没有工作，我真为自己感到羞耻。”眼泪顺着醉汉的脸颊，滴答滴答往下掉。

这时候，火车到了我要下的车站。车门打开时，我只听到老人悲怜地感叹：“哎，那实在是很艰难的状况啊，在这里坐下来，和我说一说吧。”我扭头看了他们最后一眼，醉汉躺在座椅上，头靠在老人的膝上，老人正温柔地摩挲着他那肮脏而粗糙的头发。

火车重新开了，我却感慨万千。我本准备用拳头解决的问题，却被老人几句体贴的话就轻易化解了。也许，这就是宽容和爱吧。

人生小哲理

人生不如意十有八九，每个人都有失意的时候，对于身处困境的人，我们应该报以理解和宽容，暴力相向不但不能解决问题，反而会让事情变得更加糟糕。同情那些处于人生低谷的人，并且学会倾听，适当的时候鼓励他们振作起来，这也是爱心的一种表现方式。

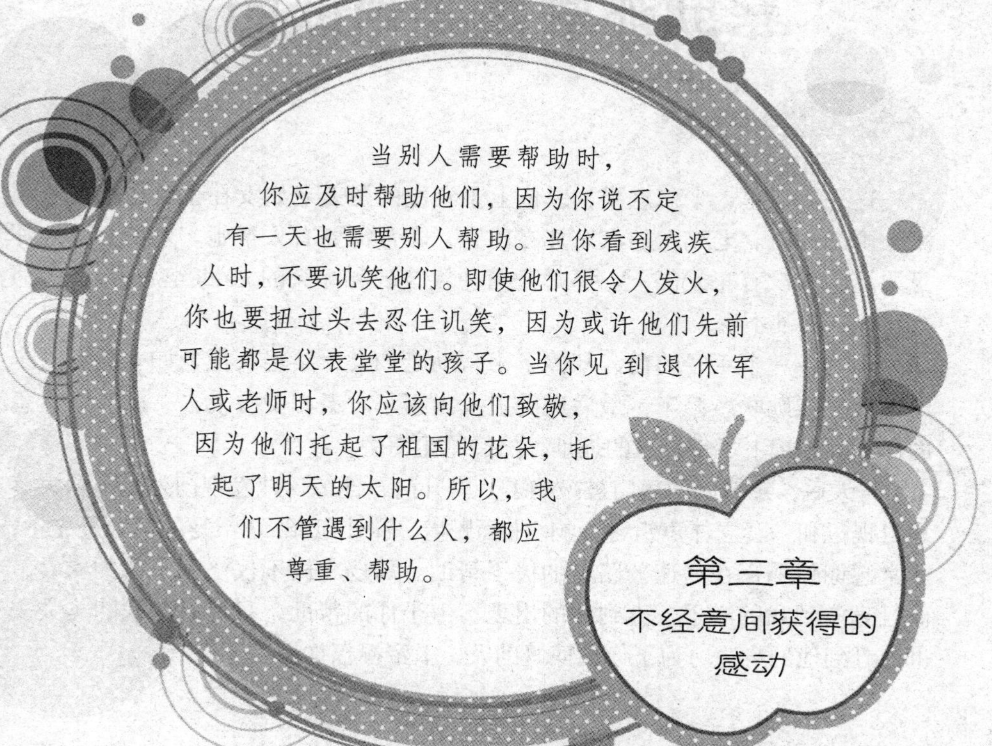

当别人需要帮助时，你应及时帮助他们，因为你说不定有一天也需要别人帮助。当你看到残疾人时，不要讥笑他们。即使他们很令人发火，你也要扭过头去忍住讥笑，因为或许他们先前可能都是仪表堂堂的孩子。当你见到退休军人或老师时，你应该向他们致敬，因为他们托起了祖国的花朵，托起了明天的太阳。所以，我们不管遇到什么人，都应尊重、帮助。

第三章 不经意间获得的感动

帮助那些需要帮助的人

这一天夜里，十二点半，一位上了年纪的黑人老妇女在公路边忍受着瓢泼大雨的抽打。老妇女的汽车坏在路旁，非常需要有人帮她。老妇女已经浑身湿透，却没有车子停下。那是充满种族歧视和冲突的 20 世纪 60 年代，那个年代，混乱不堪。

但是，一个年轻的白人却停下来帮助老妇女，年轻人把老妇女载到安全的地方，帮她联系修车，最后送她上了出租车。老妇女看上去一副非常着急的样子。她记下了年轻人的地址，然后绝尘而去。

7 天后，年轻人的房门被敲响了。打开门，他惊讶地发现门外是一台大落地电视机和一套立体声组合音响。上面贴着一张小纸条："亲爱的汤姆逊先生，非常感谢你那夜在高速公路上的援手帮助。那场大雨不仅浇湿了我的衣裳，而且直浇到我的心里，直到你的出现。由于你的帮助，我得以在我的丈夫去世前赶到他的身边。为了你的慷慨助人，上帝祝福你。"

人生小哲理

有一首歌曾经这样唱："如果人人都献出一份爱，世界将变成美好的人间。"我们每个人在某一个时刻都会遇到困难，那个时候，我们就需要别人来帮助我们。勇敢大胆地去帮助那些需要帮助的人，不要管世俗怎么想，不要管世俗怎么看。爱心，是一个能让这个世界变得美好和平的东西。

不经意间获得的感动

小区有个不大的超市，超市门口有个小保安。小保安总是用他那怀疑所有人的，带着绝对警惕的眼光注视着进进出出的每一个人，在他心中，好像每个人都是贼似的。

我不喜欢这种眼神。

那天去超市买东西，只看见我前面走着位年轻妈妈，牵着个小孩儿。孩子还很小，只有三四岁的样子。超市的大门在装修，几个装修工人在那里用电焊焊接门框，电焊的光芒耀眼夺目。年轻的妈妈走在门口的时候，那保安突然急冲冲地走上来，用手挡着孩子的眼睛，嘴里喃喃地说着："别看，别看！"同时用身体挡住焊接时四处飞溅的火花，一直把两个人送进大门。等我买完东西，走出大门的时候，小保安还是用那对谁都怀疑的眼神看着我，我却对他笑了一下。

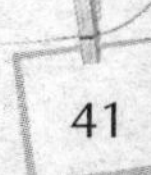

公路旁边有个水泥预制板厂，一个年轻的小姑娘下了班，大概是想抄近路吧，推着自行车在预制板上艰难地搬上又搬下。哎，可怜的，想少走点路，却落得如此艰难，何必呢。正想着的时候，只看见一个打工者快步走过来，帮那姑娘扛起车，又快步走过预制板厂。姑娘上车前，冲着那打工者微微一笑，算是感谢。

一对母子，站在斑马线的中间，进退两难，不知所措。来来往往的汽车呼啸着飞驰而过，并没有半点要停下来的意思。我站在马路边为他们干着急。突然在他们面前停下来一辆奔驰车，车主摇下车窗，一个中年男子对着那对母子招招手，让他们先过去，母子俩这才如梦初醒，赶紧小跑着过了马路……

过了马路，那个小男孩转过头来，对着奔驰车甜甜一笑，看到这笑容，

我也忍不住笑了……

人生小哲理

我们的心不觉得寒冷，就是因为这个世间充满了爱。人与人之间的相处、沟通和交流，如果不是在相互关爱的基础上，那么跟谁都不会相处得好，你会发现你被置身于人群之外，但当你以自己的爱心去跟人打交道，你的朋友会越来越多，你会觉得越来越快乐。因为只要人人都献出一点爱，世间将会变成美好的人间。

慈善事业奉献的是心

2007年2月，刚刚卸任的联合国秘书长安南，在美国得克萨斯州的一个庄园里举行了一场慈善晚宴，应邀参加慈善晚宴的都是一些富商和社会名流等。

晚宴就要开始的时候，一个叫露西的小女孩儿捧着她的全部储蓄来到庄园，要求进去参加慈善晚宴，很显然，她遭到了保安的阻止。

小露西说："叔叔，慈善事业奉献的不是钱，是心，对吗？"她的话让保安愣住了。而恰巧，这句话打动了正要进去的沃伦·巴菲特先生，他带着小露西一起进了庄园。

让所有人都没有料到的是，当天慈善晚宴的主角不是倡议者安南，也不是捐出300万美元的巴菲特，而是仅仅捐出30美元25美分的小露西。同时，晚宴的主题标语也变成了这样一句话："慈善事业奉献的不是钱，是心。"

无独有偶，有一位小男孩，在学校要捐款的时候，妈妈给了他5元钱，小男孩觉得自己没有很好地完成老师布置的任务，因为他所就读的学校是"贵族学校"，他的同学捐最低的也是捐50，或者100。妈妈看出了他的心思，抬起他的头，对他说了这样一番话，不要低头，要知道，你同学的家庭背景，非富则贵。我们必须量力而为，我们所捐的5块钱，其实比他们的500块钱还要多。你现在还只是学生，所以你要以自己的品学尽力为校争光，就是对学校最好的贡献了。妈妈的一番话让小男孩接受一次最好的关于金钱的教育。

当小男孩第一次面临由金钱来估量人的"成绩"的时候，是妈妈让他懂得了"捐"的意义，以及自己的价值。当老师在宣布全班筹款成绩的时候，小男孩一直抬起头听着。自此以后，小男孩在达官贵人、富贾豪绅的面前，

一直抬起头来做人。

人生小哲理

我们总是习惯性用金钱来衡量爱心的分量，付出的金钱越多，在人前就显得有面子，心里就会比别人略高一等，这些都不是爱心的表现。爱心，是发自内心的，是无法用任何物质来衡量的，就像小露西说的："慈善事业奉献的不是钱，是心。"

今晚你有地方睡觉吗

那是个午夜，小杰突然打来电话，很是绝望地说："我没地方住了，能帮我找个住的地方不？"仔细一问，小杰的信用卡已透支完了，手边仅有20个欧元。我和几个相熟的朋友到处打听，结果谁也不肯租房给一个身无分文的留学生。一筹莫展的时候，皮埃尔提议："让你朋友先去莎士比亚书店住两天吧。"我拍手称是，想起和老乔治的相识过程。

那是前些时间的一个下午，我和皮埃尔一起去莎士比亚书店做外拍。进门后，我们各自扛着DV找角度，满墙的英文书在镜头里上下跳跃。我在书店二楼走了几步就发现一间小屋，从敞开的大门向里望，一位满头银发、衣着随意的老人正在喝咖啡。当时，我觉得很是好奇，不知道什么人才能坐进这家书店的小房间边看书边享受阳光。经过岁月洗涤的老人和旧书一起，让整个空间微微泛黄，很有味道。我极想将这一切拍进DV，就贸然地上前敲门。

老人刚听到我说了句下午好，就抬起长长的胳膊用流利的中文说："你好，姑娘。"我说明来意后，老人很随意地斜靠在沙发上，就表示可以拍了。我邀他对法国人的阅读习惯随便谈几句，他相当幽默地表示："阅读对法国人来说就像油条对中国人一样。"

拍摄完成，老人突然问："今晚，你有地方睡吗？"当时的我相当反感，答当然有。他听罢在阳光下微笑着："那太好了。"我随即就离开了。

书店门口，皮埃尔说："你去采访乔治了？"我有些摸不着头脑，他指了指小屋的方向："那是书店老板乔治的房间，92岁了，非常善良，而且对中国有很深的感情。遇到来店里的中国人他都会问：'今晚，你有地方睡吗？'如果你回答没有，他就会告诉你莎士比亚书店准备了免费睡觉的地方。"我说：

“当时以为他企图不轨，还好没有发火。”皮埃尔哈哈大笑：“我也在这儿过过夜的，老乔治在书店二楼和三楼挨着书架摆放了床位，专门接济暂时无家可归的人。如果因失眠来找他聊天或者请他推荐两本好书，他也会特别高兴。”

不久，小杰又打来电话。她在莎士比亚书店小住了两天，最后通过老乔治认识了一个找房客的武汉女孩。小杰说：“想不到那武汉女孩也在莎士比亚书店住过，而且直到今天，她都记得老乔治的话：‘今晚，你有地方睡吗？’”

人生小哲理

爱心架起了人与人之间交往、沟通和交流的桥梁，不管什么时候，愿意向陌生人伸出援助之手的人，都很容易受到他人的喜爱和尊重，在他的周围会形成爱心队伍，不断付出自己的爱心，帮助更多的人，影响更多的人。捂着自己的心，不想付出只想占便宜的人，不仅很难得到别人的尊重，而且也很难感到快乐。

金色的沙子

我的孩子多多没有别的爱好，就喜欢玩沙子。每天下午，他都和小伙伴们在小区公园的沙池玩。每次见到他在沙池子里玩得不亦乐乎，我也跟着高兴。

最近，我发现他每次去的时候，都要带上家里的塑料红水桶，多多才七岁，用这样的大桶提沙子肯定会很吃力，我曾好几次建议他换一只小一点的桶，他却依然愿意提着大大的塑料水桶去玩。

那是个阳光明媚的周末下午，这周单位很人性地没让加班，把家里大概收拾了之后，我决定去小区公园里看看多多。傍晚的公园显得很安静，夕阳柔软地铺在大地上，温情脉脉。远远地，我就看到一群孩子在沙池里嬉戏，他们银铃般的笑声和彩色秋千一起荡漾着，接着我便看到了那只鲜红的水桶，旁边一个熟悉的身影正专心致志地往桶里装着沙子。我走过去问道，多多，你怎么不和小伙伴们一起玩呢？装这么多沙子干什么呀？

多多仰起沾满沙粒的汗涔涔的小脸，有些吃惊地问："爸爸，您怎么来了。"

我笑着说："快别这么弄了，去和明明他们一起玩吧。"

"不行呀，"多多摇摇头又继续装沙子。"松松也很想玩沙子，我要和他一起玩。"

"松松是谁呀？"我饶有兴致地问，"让他过来就行咯。"

"喏，他在那儿！"

我顺着多多指的方向望去，看到花坛那边有个坐在轮椅上的小男孩。"爸爸，松松真的好想玩沙子呢，可是他只有一只脚……"多多的声音低了下去。我帮多多把沙桶提到松松面前，这个有着卷头发、眼睛明亮的孩子略显羞涩地对我说："叔叔，您的多多就像天使一样，每天都专门给我打造一个沙池

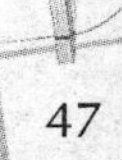

呢！”说着，他弯下身子去捧沙子，把自己唯一的苍白而瘦弱的脚探进沙子里，脸上绽放着花朵般的欣喜和兴奋。

夕阳动人的光泽下，细细的沙子在两个孩子天籁般的笑声里，宛若跳跃的、金色的水花。

人生小哲理

孩童的心思是最单纯的，他们对他人所体现出来的爱心，往往也是至真至诚的，甚至有时候我们应该向他们看齐。我们总是吝于付出，怕自己吃亏，所以我们的爱心在付出的时候，都附带一些条件，或者心中有一定的期许，如若达不到，便会失望，会收敛自己的行为。其实你在付出爱心的时候，永远不知道得到的是什么，但有一点是肯定的，你会因你的行为而感到快乐。

买不到的财富

年轻人已经身无分文了，但他依然每天无所事事，东逛西逛，靠着别人的施舍过日子。

冬天就要来了，人们都开始穿着笨重的棉衣了，他却还穿着一身破旧的单衣，蜷缩在别人的屋檐下，冷得直打哆嗦。

一位老者见到他，就说："你看上去不过二十来岁，身体强壮，为啥不去找点事做呢？"

年轻人说："我也想干点事，可是哪来的本钱呢？"

老者听了就从口袋里掏出一叠钱交给他，"去吧，好好干！"

年轻人千恩万谢，拿着钱就走了。

没过多少时间，年轻人又穿着那破旧的单衣躲回屋檐下了，老者给的钱花光了。

天气越来越冷，还下着雪，他紧紧地抱着双臂，打着寒战，老者又来了，问他："小伙子，你有强壮的身体，为啥要过这样的日子呢？"

年轻人可怜巴巴地说："有啥办法呢，太穷了！"

老者说："我昨天在医院遇到一个病人，他非常富有，就是快要死了，他想用金钱和你交换一些东西，不知道你愿意不？"

年轻人有些黯然地说："我还有什么东西可以和他换呢？"

老者说："他想用万两黄金换你的四肢，你愿意吗？"

年轻人筛糠似的摇摇头。

"他愿意拿十万两黄金换你的心脏，你同意吗？"

"这不是要我的命吗？不，绝不！"年轻人双臂抱得更紧了。

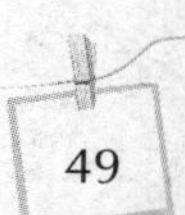

“如果他用所有的财产换你的大脑，这样你就一辈子都不用为钱发愁了，想要什么就有什么，只是，你会变成一个白痴，终生躺在床上，你能接受吗？”

“老人家，如果真是那样了，我还要钱干什么呢？”年轻人痛苦地揪着自己的头发说。

老者脱下长袍给年轻人披上，抚着他的肩膀，说：“孩子，你缺少钱，却拥有这么多用金钱也买不到的财富，为啥要自暴自弃呢？振作起来吧，一切都会好起来的。”

年轻人的眼睛，突然变得有神了。从那以后，屋檐下也再没见过他的身影。

人生小哲理

许多人总会找这样或者那样的借口来当作自己不努力不奋斗的理由。而实际上，年轻就是一个人最大的财富，而他们往往忘记了这一点。文中的老者显然是个智者，更是个有爱心的人，他一次次点拨年轻人，终于让他不再迷惘，不再堕落。所以，我们还年轻，什么都不可能成为我们堕落的理由，加油吧！

母亲的路

有个小男孩，因为家穷，他只能和母亲一起相依为命。

小男孩7岁那年，突然得了一场大病，母亲带着他看了很多医生，都不能确诊。病很奇怪，没有人说得出来这到底是什么病。

但小男孩的母亲不愿意放弃，和所有父母一样，只要还有一线希望，就不惜一切代价，都要去尝试，到处打听偏方，到处问人，看能不能想到好的办法。结果尝试了无数种药之后，还是没有任何作用。

小男孩的病开始慢慢恶化了，原本就瘦小的身体变得越来越干瘦，到后来，小男孩已经无法站起来了，治病花光了家里所有的积蓄。

但是小男孩的母亲还是没有放弃，她在期待着奇迹的发生，每天到处奔波，为小男孩寻找医生。终于有一天母亲打听到在很远的地方有个老中医，听说他的药可以治好小男孩的病。母亲就长途跋涉去找到老中医并求回一些药来。小男孩服用过一点点之后，果然有些许好转，只是老中医的药很贵，母亲不得不变卖了家里所有能换钱的东西，最后，母亲只能每天上山砍柴，这是维持生计的唯一手段了。

一般的中药都是熬两三遍就弃渣，而母亲却将药熬上七八遍，淡到实在没任何药味了才舍得扔掉。男孩发现母亲每次都把药渣倒在马路上，被路过的行人踩得稀烂，他问母亲这是干什么？

母亲告诉他说，路人踩了你的药渣，就把你的病气带走了，这样你就好得快些。

男孩说，怎么可以这样呢！我宁愿自己一个人生病，也不愿意别人得这个病。

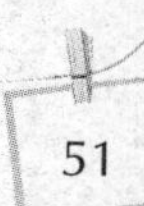

果然，从那以后，母亲就再不把药渣倒在马路上了。

日子在母亲的期待和砍柴中一天天过着，突然有那么一天，男孩发现自己能够支撑着站起来了，他跌跌撞撞地冲向后门，想把这个消息告诉给还在深山砍柴的母亲。

推开门，是一条通往山里的小路，如水的月光静静地散在山上，路上，温柔极了。路面铺满一层厚厚的东西，是药渣，那条路只有一个人走，就是母亲每天砍柴的时候会经过……

人生小哲理

病重的男孩，坚韧的母亲，艰难的生活条件，都没有把他们打倒，也没有泯灭他们内心的善良。母亲为了让儿子的病好得快些，就把药渣倒在路边，让路人“带走”，但是儿子却不愿意别人忍受这种病痛的折磨，宁愿自己承受着。这是一种至善，是爱人的极高境界。

爱并不是虚情假意的谎言，它是实实在在的情感，只要仔细感受，你就会发现爱本就紧挨着你：它可能是清早母亲挤向你牙刷上的一寸牙膏，让你感受到温馨；它可能是陌生人的一把搀扶，让你体会到温暖；它可能是作业本里老师落下的一根白发，让你感悟到关爱；它可能就是一个微笑，让你理解到宽容和赞赏。在生活中，你有了这种感受，体会，感悟，理解，受到触动感染，激励鼓舞，你就会去掉冷漠，解除封闭，成为一个有爱心的人。

第四章 爱不是虚情假意的谎言

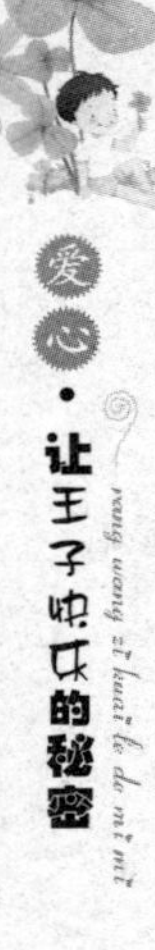

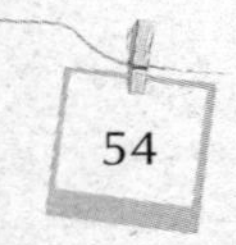

男人的味道

父亲告诉我说："每个男人都应该有自己的味道。"父亲说这话的时候，重重地吸了口叶子烟，烟雾缭绕着弥漫开来，淹没了整个屋子。

我端坐在地上，有些茫然地盯着父亲，没有像往常一样扑烟雾，而是安静地坐着。

父亲见我不吭声，又说："没有自己味道的男人是找不到老婆的。"父亲说这话的时候，浑浊的眼睛里忽闪着一丝透明。

我喏喏地说了句："我饿，我要娘。"

父亲不再吭声，把头低得很沉。

良久，父亲从破柜子里翻出把碎米丢进泥灶上烧着水的瓷盆里，水噗哧噗哧地开了，蔓延着纯白的泡沫。我忙加了小半碗冷水进去，担心碎米会跟着泡沫跑出来。

饭熟了，父亲慈爱地对我说："你饿了，你先吃。"

我说烫。

父亲就端着我的碗，用筷子一边搅拌，一边吹气。

我说："爹，你在往我碗里吐口水。"

父亲就笑，父亲一笑就会把嘴咧着，露出残缺漏风的黑牙圈，我喜欢看父亲这个表情。

吃完饭，父亲告诉我说："儿啊，我们去城里过新的生活吧。"

我问父亲去城里有饭吃吗？

父亲说有。

我又问父亲去城里有娘吗？

父亲沉默了一会，说有。

那就去吧。我毫不犹豫。

我五岁那年的一个下午，我和父亲一起进城去了，开始新的生活。父亲说的，城里有饭吃，城里还有娘。

娘从来没有在我的记忆中出现过，我对娘的认知是因为邻居憨憨，憨憨娘特疼他，我就想要是我也有娘疼，该多好。

父亲曾经领过一个女人回家，父亲让我叫她阿姨，我却叫她娘。她那张如花的脸骤然凋谢，枯萎。而后，头也不回就走了。从那以后，父亲再没领过女人回家。

城里真好，桥洞比我家屋子还大几倍，父亲找来几根木棒、几张油纸，支起了我们的新家。

父亲的工作是第二天开始的：捡垃圾。父亲说这是不需要本钱的工作，捡得多，钱就多。有了钱送我去读书，还给我找个娘。我听得很幸福，父亲从来没有骗过我，我相信他。

为了能早点进学校读书，我每天也卖命地捡垃圾，一个矿泉水瓶子、一张旧报纸、一个钉子我都不放过。

到城里的第三天，父亲带回来两个肉包子。包子没有传说的那样流着油，但还是馋得我直流口水。我几乎是整吞了那两个包子，肉香的味道在我心中一直弥漫着。父亲看着我吞包子的样子，就猛吸了口叶子烟，咧着嘴笑，笑得很慈祥。父亲告诉我说，以后每天都至少可以吃一个包子。我就咧嘴笑了，笑得很幸福。

到城里的第一百天，发生了两件大事：第一件是我们搬家了，父亲说要送我去读书，不能再住桥洞，要被同学笑话；第二件是我们去吃了顿自助餐，庆祝我们成功在城里立足。

父亲说现在有了房子住，我们就算城里人了，要和城里人一样讲文明，不能再像个泥娃一样，花着张脸到处乱窜。父亲说完这话，猛吸了口叶子烟，神情淡定。父亲又说男人应该有自己的味道。我问父亲你是什么味道呢？父亲没说话，慈爱地看着我，多年后回忆起来才发现父亲脸上的那份坚毅和自强。

父亲捡了个书包，我把它洗得极干净，晾好。秋天的时候，父亲就送我去了学校上学。父亲告诉我说，你现在是个男子汉了，男人就得有自己的味道。我无法完全理解父亲的话，但我还是狠狠地点头。

一年后，父亲不再捡垃圾，换成了收废品。父亲有了属于自己的事业，

兴奋得像三岁时候的我，又蹦又跳。我也没给父亲丢脸，父亲当“老板”的那天，我给父亲送了份大礼：期末考试满分的成绩单。父亲看到成绩单就笑，一笑就露出残缺漏风的黑牙圈，我就乐了。

父亲的生意日渐变好，生活也一天天变好，房子变大了，却依旧只住了我和父亲。父亲没有带过任何女人到家里来，我也没再提起过“娘”这个字，小日子被我和父亲摆弄得有滋有味。

我上中学了，住校，每周回家一次，这时候的父亲已经是个有小有名气的老板了。

我告诉父亲，找个老伴儿吧，你还很年轻！父亲就笑笑，是很年轻呵，这些年为了盘弄你小子，把自己的事都给耽误了。父亲说这话时，很悠然地点燃一支香烟，放在唇上轻轻吸上一口，动作潇洒而帅气。

看父亲饶有兴致，我就笑着问父亲：“爹，当年娘为什么会离开我们？”

父亲很郑重地说：“娘？我也不知道你娘为什么会离开你。”

“肯定是你的错。”我嘟哝着嘴，调皮地说。

父亲掏出了他的身份证，上面写着出生年月：1970年10月。

父亲只比我大十四岁！

父亲接着说：“你只是我在路边捡的一个孤儿，我也是孤儿，我们同命相怜，所以看到被扔在路边的你，我就把你带回家养到现在……”他每讲一句，就抽一口烟，烟雾缭绕，弥漫成一个巨大的幸福而温暖的磁场。

人生小哲理

文中的父亲并不是“我”真正意义上的父亲，但是做的事情却比一个父亲有过之而无不及。这是一种伟大的爱，不是父爱却胜过父爱，不是母爱却胜过母爱。正因为了这种爱，“我”的成长才那么幸福，生活才那么美。

乞讨老人的爱心

那次大地震后，最让人感动的捐赠者大概是这位乞讨老人了，他先捐了5元，然后找遍身上的零钱，特地到银行兑换了一张百元现钞，放进了募捐箱。这感人的一幕发生在南京的一个募捐点。

老人60岁左右，花白头发，穿一件蓝色衣服，仅胸前的补丁就有3个，背后的则不计其数，衣服下摆已经破烂，脚上穿一双破烂的凉鞋，手中还拿着一个讨饭碗。

工作人员郭小姐说："我们放了好多宣传牌，上面有灾区的一些图片。老人端着碗，在宣传牌前止步，看了一会，哆哆嗦嗦地从口袋里掏出5元钱，放进募捐箱，念叨了一句'为灾区人民……'"

工作人员愣住了，还没反应过来，老人就早已经离开了，他像是很累的样子，步履蹒跚。

本以为这只是捐款过程中的一个小插曲，谁也没想到，当天下午3点的时候，老人再一次出现，这次，他掏出了100元，塞进了募捐箱。

这次可把在场的人都惊呆了！郭小姐赶紧拉住老人问情况，老人缓缓地解释道："我上午就想多捐一点，但钱太零碎了……"

老人的普通话很不标准，费了好大的劲儿，郭小姐才听明白，老人原本是想多捐一点钱，但身上全是讨来的一毛两毛的零钱和一些硬币，不好意思拿出来，特地利用中午的时间凑了凑，然后到了银行，将全身的零钱兑换成一张一百元的纸币。老人一直说："灾区的人比我更困难，他们的生命都受到威胁了，不容易啊！"

老人走后，在场很多人都流下了眼泪，保安说："老人常在附近乞讨，

平时从来没看到吃过什么好东西，没想到一下子就捐出这么多……”

人生小哲理

古人有言：“多难兴邦”。这不是说灾难越多越好，而是说灾难来临，在克服各种困难的过程里，我们团结一心，众志成城，这种爱心的力量，能够使得我们的社会、我们的国家和民族更加强大，更加繁荣。我们的国家正在崛起，正以崭新的姿态屹立于世界民族之林，让世界瞩目，其中最重要的原因是在面对灾难的时候，亿万人民的爱心，铸成了一股强大的城墙，克服了一道又一道难关。爱心的力量，总在最关键的时候凸显。

三百美元的价值

我和海伦原来在一起上班，现在又一起到了退休的年龄。虽然我们感情一直不错，但是说实在的我并不喜欢与他待在一起太长的时间——他是个郁郁寡欢的人，如果每次与他在一起的时间太久，我也会变得闷闷不乐。

海伦把日子过得精打细算的，就像是现在或在不久的将来就要面临财政危机一样。他不送礼，不消费，在闲暇时也从未放松过，似乎不知道生活有“享受”这回事。

他生日那天，我同往年一样，给他打了一个电话。

“生日快乐，海伦。”我说。

“都60岁了还有什么值得快乐的？”他冷冷道。

我早习惯了他的性格，所以，仍然兴致勃勃地和他说了些话，最后提出请他一起去吃饭。他有些不太情愿，但最终还是给我面子，答应前往。

吃饭地点定在一个环境优雅的意大利餐厅，我点了蛋糕，还在上面插了蜡烛，并请餐厅的工作人员安排人给他唱生日快乐歌。

他有些坐立不安，他们啥时候才能唱完？

歌手唱完后，我送给他一个礼物。

“你在黛尔店买的？”他看了包装上的店名。“那里的东西太贵了，你最好把它退回去，你知道的，那里的东西都是骗有钱人的钱的，比实际价格要高出太多了。”

“如果你不喜欢我可以到店里去给你换个其他的东西，”我看着他的眼睛说，“不过，你千万别像上次那样，把我送你的生日礼物退还了，然后把钱还给我。”

“其实你只需要给我买个运动衫就行了。”他说，“便宜还实惠，最多不超过10美元。”

海伦就是海伦。三天后，他给我打了一个电话，告诉我他将生日礼物退了，而且准备把退款300美元寄还给我。

“海伦！”我很生气，所以言辞激烈地说，“你知道，我是你的朋友，我可以为你做任何事，但是我要不客气地告诉你，你这种生活态度与其说是节俭，不如说是自私自利！我有个建议，不过对你来说可能是个艰巨的任务。但我还是得说出来，明天你带着这三张百元钞票到你家附近的几个商店转一转，如果你看到一个面容憔悴、衣着简朴、领着几个孩子的妇女，你就对她说，你今天交了好运，然后把一张百美元的钞票塞给她。接着，你继续在商店里走，当你看到一个比你还老的老人，显然是在为生活的困窘而为几毛钱与店主讨价还价时，你就把第二张百美元的钞票交给他，并对他说你交好运了。最后一张，我希望你自己把它花掉，给自己买点真正喜欢的东西，或者去做一次全身按摩和足疗也可以，反正你想怎么花就怎么花，只要你高兴就成。我想，如果你按照我的建议做了，你肯定会发现生活是一件非常开心的事。”

我以为这事就算这么过去了，反正我也没对海伦报什么希望。

结果，过了两个月，我家的门铃响了，我照例开门，看见海伦笑嘻嘻地站在门口，他兴奋地大声对我说:“我做到了，我按照你的意思花了那300美元，你想听一下吗？”

“当然了！”我马上热情地邀请他进屋。

“这真是一次有趣的经历。”他说，他急切地想与我分享他的故事，“我不知道该怎么形容那位母亲，太不容易了，要抚养5个孩子，最大的才9岁。还有那位老人，当他拿到100美元时，反应就像是看到了圣诞老人一样开心！”

“那你最后的一百美元干啥了？”我很好奇他的这个答案。

他举起手，我看到他手腕上戴了只新手表。

“我为你感到自豪，海伦。”我说。

他高兴地说：“我很清楚你的用意，长期以来，我总也快乐不起来，因为我从来没有真正喜欢过自己。”

“海伦，我让你这样做的时候，可能有些过分，但我当时对你是真的好恼火。你想，你拥有的机会和经历的人生，是许多人就算忍受痛苦和挫折也换不到的，我只觉得如果你更多地关心别人，关爱自己，就会找到快乐。真的，快乐很简单的。”

就简单的300美元，海伦就找到了人生的阵地。从那以后，他学会了享受生活，而且给别人捐款，还资助了一位贫困的盲人做白内障手术。

人生小哲理

很多时候，我们也总是快乐不起来，不仅仅是因为没有喜欢过自己，更是因为从来没有真正认识到自己存在的意义和价值。快乐其实很简单，就是在他人摔倒的时候扶一把，在别人失意的时候给予鼓励和安慰，用我们的热情，温暖旁人，你就能够感受到付出的快乐，那种付出之后的自我满足感是别人无法体会到的，只有献出爱心的人才懂得。

深深一躬

在那个别墅小区里，有一位老花匠，每天种花、浇花、修剪花，日出而作，日落而息。过着非常有规律的小日子。他服务的对象，是这个城市里最有身份和最有地位的人，那些人腰缠万贯，一呼百应，每天开着昂贵的轿车，来往于这个城市的市中心和别墅群之间。忙是他们共同的特点，所以，那些人总是脚步匆匆，甚至还左右着众多企业前进的步伐。和他们形成鲜明对比的就是老花匠了。老花匠不紧不慢地穿梭在花丛之间、树枝之下，他向那些西装革履、高贵优雅的先生们女士们微笑、点头，甚至还和他们打招呼，那些人也很有礼貌，对他的问候总是报以矜持的微笑。但是老花匠心里很清楚，自己和他们永远是两个世界的人。他不知道那些人每天都在想些啥，忙些啥，自己不过是一个从乡下到城里来打工的小工人，没资格认识他们。自己每天的任务就是照顾好每一块泥土，让它们来愉悦那些匆忙的人，就够了。

老花匠年龄大了，身体不那么好了。那天，他在花圃里正忙着，就突然晕倒过去。保安看到就马上报告了物业公司的经理："老花匠病了，需要送医院，但是他身上一分钱都没有，请大家伸一把手吧！"小区的广播里马上就播出了这条消息。

消息一出，一些门打开了，还有些人匆忙的脚步停下来了，就在等待救护车的几分钟时间里，一张张的票子揣进了老花匠的兜里。

几天后，老花匠顺利出院。从乡下赶来的儿子把他扶回小区，那些西装革履的业主看到他，依然是那矜持的淡淡笑容，然后和他擦肩而过。但是老花匠却感觉自己和他们不再有距离了。他找到物业经理和保安，要谢谢那些为他解囊相助的人。可惜没人能提供一个名单，他又不可能挨家挨户敲门去询问……

最后，他只能在女儿的搀扶下在每一栋楼前停下，然后认真地站好，深深地弯腰，鞠躬。坚硬的城市，在此刻突然变得如此温情和柔软，他在向这永不退变的温情和柔软鞠躬。

人生小哲理

在老花匠心里，他始终觉得自己跟小区的人格格不入，但是他依然不忘记每天对进出的人微笑、打招呼，那些人步履匆忙，也没时间跟他搭话，但是他一心一意把小区花园照顾好的事情，大家都看在眼里，所以当他有难的时候，小区里的人都纷纷伸出援助之手。事实证明，爱心不分贫富贵贱。

一杯牛奶的故事

那天，那个穷苦的小男孩挨家挨户地敲门，准备以推销零货的方式去赚够学费，可是到最后他发现只剩下一角硬币了。更可怜的是，此刻，肚子饿得咕咕叫，他就想着是不是在下一户人家那里乞讨些饭菜来填肚子。

虽然有了这样的想法，但是当他敲开下一户房门，里面走出来一位看起来有着仁爱心肠的女人时，他心里却怯懦犹豫了。他没有去奢讨一份饭菜，只是要了一杯水。女人看到眼前的小男孩像是饿着肚子的样子，就从房里拿出了一大杯牛奶，递给了小男孩。这小男孩慢慢地喝下牛奶，问道："我应该给您多少钱呢？"

女人回答道："你不需要报答我什么，我母亲曾经告诉过我，不要因为善意而去接受报答。"小男孩说道："那么，我打心底里感激你。"当这个名为霍华德·凯利的小男孩辞谢过这位善意的女人后，他不但身体上感觉到更有劲头了，同时也加深了人间充满爱的信念。而在他遇到这位善良的女人之前，都准备放弃这个想法了。

过了许多年，女人的身体变得糟糕不堪，当地给她治疗的医生都困惑无策，他们最后把她送到了能够邀请到许多专家们进行诊治研究她罕见疾病的大医院里面。医生霍华德·凯利，以高超的医疗技术而著称的他也被邀请到这位女人的诊断讨论里来。当他听说了这个女人的家乡时，他突然眼前一亮，他立即起身，并穿过医院大厅直接奔向了她的病房。

他身上还穿着大夫的长衫就进去查看这位女人的病情了。很明显，他立即认出了她就是当年对自己有恩的那位好心人。当他回到了讨论室后，就决定尽自己最大的努力去挽救自己恩人的生命。也是从那天起，对于这位女人的病情，他很是留心。

经过长时间的诊疗，女人终于康复了。凯利医生要求办公室把她的账单事先交他过目核准一下。他浏览过后在上面写下了一些字迹。账单最终递到了那位女人的手上。她对此很是担心，不敢去确认到底花费了多少钱，她心里清楚，很可能自己这辈子都得为偿清这笔手术费用而奔波劳碌了。最后，当她打开去看账单的时候，上面写在一旁的字迹引起了她的注意。她读到了这些文字：

“以一杯牛奶的价格交付完。

霍华德·凯利医生（签字处）”

正当她在为此而默默祈祷的时候，欣喜的泪水夺眶而出。

人生小哲理

一杯牛奶的分量很轻，女人对上门讨水喝的男孩的这杯牛奶，也只不过是举手之劳，但是对小男孩来说，意义却不一样了。最起码在他最困窘的时候，女人不仅给他自尊，还给他温暖，在他成长的道路上占据了很大的分量。而成为医生的霍华德·凯利在女人病重的时候，极力拯救她的生命，并且替她付清了医疗费，这就是她好心的回报。

一封特殊的信件

这是个小镇，镇上有个小邮差。

小邮差刚满 20 岁，就接了老邮差的班，然后每天蹬着自行车往返 50 公里的山路，日复一日地重复着，将那些写满了欢乐的，悲伤的或者牵挂的故事，送到各个居民家中。

不知不觉中，岁月一下子就晃过了 20 年，人生几番变迁，当年的小伙子也变成了一个满脸风霜的中年人，唯一不变的，是邮局到村庄的这条小路，从过去到现在，都那个模样，没有任何改变，触目所及，除了荒草，就只剩下飞扬的尘土了。他突然感到了乏味，甚至突然发现，自己重复了这么多年的这个简单的重复多么令人讨厌。

他沮丧极了。

他不知道自己在这荒凉的路上还要继续多久？他一想到必须在这无花草无树木的充满尘土的路上，继续蹬着自行车继续他的人生他就总觉得茫然和遗憾。

但他还是只能继续，没有任何办法，他只能继续。

有一天，当他送完信，心事重重地准备回去时，猛一抬头，看到一家花店，花店外面还有一个小花圃，里面开满了五颜六色的花朵。于是，一个主意袭上心头。他走进花店，买了一袋极易成活的花的种子，从第二天开始，他就带着这些种子撒在每天他要经过的路边。

一天，两天，一个月，两个月……他一直在坚持着播洒花种。慢慢的，那条他已经走了二十年的荒凉的道路上，竟然开满了各色的小花。夏天开夏天的花，秋天开秋天的花，四季盛开，没有停歇，永不间断。

对村庄的人来说，这些盛开的鲜花比邮差一辈子送达的任何一封邮件都让他们高兴。在这条不再是充满尘土而是充满花香的道路上，吹着口哨踩着自行车的邮差，也不再是孤独的邮差，不再是愁苦的邮差了。

人生小哲理

爱心就像是撒花种，一开始不会看到什么实际性的成果，但是长此以往，就一定会花香满道，让你的生活充满芬芳，也影响到身边的人。邮差的举动也说明了，献爱心就像撒花种一样简单，只不过是举手之劳的事情。

爱心接力

每年四月，我都会习惯性地去慈善总会捐点钱，以表达我的心意。

今年我又牵着女儿小曦的手再度来到这里。女儿四岁了，她不是第一次来这里，因为我每次来，都会带上她。“妈妈，你又要捐钱？你要将这些钱捐给谁啊？”刚走到总会门口，女儿突然就停住脚步，回过头来很认真地问我。

“孩子，妈妈是把钱捐给那些需要帮助的老人和孩子，他们家很穷，治不起病，上不起学，他们不能像你一样快乐。”刚说完，女儿就用她那双漂亮的大眼睛似懂非懂地望着我，我俯下身，静静地端详着女儿。女儿长高了，漂亮了，也懂事了。我觉得有些事，我应该告诉她了。我用慈爱的手抚抚她额前被吹乱的头发，轻轻地说：“曦儿，你从小就爱听故事，现在，妈妈就给你讲一个故事。”

“四年前的一个秋天，”我说，“在我们这里，降生了一个和你一样漂亮可爱的小女孩，小女孩的爸爸妈妈可高兴啦，因为他们终于有了自己的孩子。可当妇产科的护士将孩子抱到跟前时，小女孩的父母一下子呆住了，原来，刚出生的孩子竟然先天不足——上唇和上颌的中间各有一道裂缝——唇腭裂。就是这条裂缝无情地毁坏了小女孩漂亮的面容。小女孩的妈妈双手颤抖着接过孩子，泪水像断线的珠子一样掉下来。因为小女孩要长大、要上学、要工作，还要像其他的孩子一样快快乐乐地生活。他们担心孩子长大后被别人嘲笑，怕孩子受委屈。虽然小女孩的病通过手术可以治好，但他们来青岛还不满三年，没有固定的收入，只是做点小买卖，有时连房租也交不起，到哪去筹这笔昂贵的手术费呢？看着孩子一天天长大，小女孩的父母心如火燎。就在他们绝望时，市慈善总会的叔叔阿姨主动找上门来，要为小女孩免费实施唇腭裂手术。”

“妈妈，那个小女孩后来怎样了？”女儿急切地问。

“2003 年 4 月，那个气候温馨宜人的季节，那个小女孩在青岛一家很有名的医院成功地进行了唇腭裂缝合手术。”

“妈妈，给那个小女孩治病的钱是叔叔阿姨给的？”女儿仰起小脸天真地问。

“是啊，叔叔阿姨还为小女孩选了最好的医院，请了最好的大夫。叔叔阿姨们还说，孩子是美丽的，不能让孩子有任何的缺憾。”

女儿沉思了一会儿，突然仰起脸问我：“妈妈，现在那个小女孩在哪？她现在还好吗？”一脸关切之情。看着日渐懂事的女儿，我抑制不住感情，一下把她搂进怀里：“曦儿，其实那个小女孩不是别人，就是你啊！”女儿怔怔地站在那里好长时间没有说话，眼里却闪着点点泪花。

“妈妈，这次你也是给有病的孩子捐钱吗？”女儿问。我点点头。“那我们去吧！”女儿说。这次，上台阶时，她没等我扶她便独自坚强地向上面走去。

看着女儿蹒跚而上的身影，一种从未有过的欣慰溢满我的心……

人生小哲理

当所有的困难除以十三亿，再大的困难都是微不足道的，当所有的爱心乘以十三亿，任何微小的力量都是强大的，爱心也是如此，如果每个人都献出一点自己的爱心，将汇成爱的汪洋，不管是什么困难，都不怕了。当然，得到别人的帮助，我们要心怀感恩，度过难关后，要尽我们所能去帮助需要帮助的人，这样才能形成良性循环，人间才充满温暖。

爱心伞

那是个周末，我要赶到一个学校去参加一场考试。

早上刚走出家门一看，天啊，外面又下大雪了，而且越下越大，完全没有要停的意思。

按照要求，八点半就得进考场。我住在郊区，坐公交车到考点需要一个小时，因为时间太紧张了，我洗了头发，还没来得及吹干，就匆匆赶往公交站。

从家到车站的一路上，不断有雪花飘落到我湿湿的头发上，我的一头黑发变成了一头白发，狼狈极了。更可怜的是，车站没有风雨棚可以躲雪，我只能顶着纷纷扬扬的大雪，继续等着公交车。

就在这时，旁边一位老爷爷撑着把伞，也在等车。他看了我一眼，对我说："丫头，过来一起打吧。"

雪越下越大，完全不见停的意思。我就到老爷爷的伞下躲了一会儿，车来了。大概半个小时后，老爷爷要下车了，他特意路过我身边，专门问了句："丫头，要不要伞？"

"不用了，大爷，谢谢您！"我感激地说。

"你还是拿着吧，我家就在车站附近，下车三两步路我就到家了，你拿着，一会还用得着。"老爷爷说完，就硬把伞塞进我手里，然后匆匆地下车了。

雪一直下，等我考试完的时候也不见停。然而，撑着老爷爷给我的伞，我却觉得温暖无比。

人生小哲理

生活中的一点点善举，能够温暖人的心灵。就像文中老爷爷那把伞，它不仅挡住了冰冷的雪花，还温暖了一颗心。我们的生活中也经常遇到这样的事情，不要因为它太过平常而不放在心上，对此我们应该心怀感恩，可以的话，把这种爱心传递下去，帮助可以帮助的人。

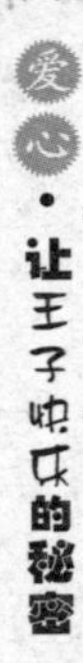

从生活细节处开始关心他人

查尔斯·伊力特博士是哈佛大学的校长，他之所以能成为一位杰出的大学校长，一个重要的原因就是因为他总是从细微处关心别人。

一天，一个叫布莱尔的大学生到校长室申请一笔学生贷款，被批准了。布莱尔马上感激地向查尔斯·伊力特博士道谢。布莱尔正要离开时，查尔斯·伊力特博士说："有时间吗？请再坐会儿。"接着学生十分惊奇听到校长说："你在自己房间里亲手做饭，是吗？我上大学也做过。我做过牛肉狮子头，你做过没有？要是煮得很烂，这可是一道很好吃的菜呢！"

接下去，查尔斯·伊力特博士又详细地告诉布莱尔怎样挑选牛肉，怎样用文火烧煮，怎样切碎，然后冷了再吃。"你吃的东西必须有足够的分量。"校长最后说。

人生小哲理

一个伟大的人物总是能在生活中的微小细节处去关心别人，他们都懂得一个很简单的大道理，只有主动去关爱和帮助还有尊重别人，你才能得到别人的关爱和帮助还有尊重。

爱是美德的种子。爱是每个人美好善良的言行；爱是愉悦的思想、高尚的谈话；爱是我们人生的每一步指南；爱是这世界一切美好事物的起点。让我们心中充满爱，把世界装扮得更美丽。

第五章 爱是美德的种子

存 折

那天正午，我正在备课，忽然接到邻居打来的电话，说我母亲在集市上被车撞了，我的心一下子看揪紧了。集市离我家三里地远，集市入口与一条繁忙的省道构成“丁”字形，母亲的耳朵又有点背……邻居又说，是在买水果时被小三轮撞到了，让我不要着急，他们先送往医院了。我跑着请完假，随即跨上摩托车就急急地赶往医院了。

急诊科里，母亲痛苦地坐在椅子上，一同赶集的大婶和大嫂一起靠紧她，才不至于歪倒。房里房外十几个邻居，都是看母亲来的，我一一向他们道了谢。

肇事者是一个 40 多岁，黑黑的中年汉子。此时，他刚交了拍片、做 CT 的检查费用回来，笨拙地向我道歉。我背起母亲去拍片，路不远，差不多 20 米，艰难地检查完之后，我又背着母亲去更远一点的 CT 室，母亲一直担心我的腰椎，如果她能坚持自己走，绝对不会让我背。在等待结果的时间里，不断有电话打给我，多数是邻居，也有同事的问候。我和父亲通了电话，告诉他这里的情况，让他不要着急（他血压高）。

没多久结果就出来了，没有明显的骨折，大家都可以放心了。但多处软组织挫伤，动一动就会痛得钻心。遵照医生的安排，办理住院手续时，肇事司机交上住院押金，母亲皱着眉头滴液体，她忍受着巨大的痛苦。幸好母亲穿的棉衣厚，三轮车挡板在腰上撞得碎成了几块，前轮撞在左腿上，要不是右面大婶的篮子垫了缓冲一下，左边大嫂又拽了一把，那后果完全是不堪设想。

对那个平白无故撞了自己的肇事者，母亲自始至终都没说一句责怪的话，她为别人想得太多，替自己想得太少，总是默默地做着自己该做的事。街坊邻居谁家有了事，有求必应，帮别人家干完，自家的活儿就只能推到夜间了。

小时候，一觉醒来，总能看见母亲在昏黄的油灯下做针线活。姥姥曾告诉过我，母亲小时候打发讨饭的，明里一份，暗里一份，还常常拿家里的东西给邻里贫穷的孩子吃。我上小学时，街上有补鞋的、修伞的、箍桶的，母亲都让我送去干粮和稀饭。父亲对此事颇有些微词，母亲却说，出门在外不容易，帮点小忙咱还能做得到。我和弟弟念完书，分配了工作后，家境才相对宽裕点，农活也不多。一到农忙，母亲就成了“托儿所所长”，帮忙照顾邻居们的孩子，多的时候甚至超过十个了，年年如此。孩子们因为调皮受到家长的责打时，都哭着闹着跑我母亲这里找庇护。

母亲住院的第二天恰逢农历的初一，老家有个习俗，初一、十五不看病人。第三天一大早，亲戚、邻居就都陆续来探望，到中午一共有 80 多人来过。母亲跟每一个人打招呼，一空下来，就又向同室的病友致歉，说是打扰了他们休息，他们却说并不介意。肇事司机带着现金和水果来，母亲了解到他现在还单身一人，付的住院押金都有一部分是借的，就立马表示明天就出院。一是不要把钱花在不必要的常规检查上，给他节省点；二来也免得亲戚、邻居来来往往，添麻烦。医护人员都说还要住几天，母亲却执意要回到家里静养。出院时我把母亲背起，从三楼背到院里叫的出租车里。

回到家，邻居们就来家里问候，整个小屋、小院站满了人。我和父亲不停地感谢邻居们的热心，一位心直口快的大娘说：“人心换人心，四两换半斤。这么多年来，谁没受到过你们的照顾？那车冒着黑烟撞到身上，竟没伤到骨头，这不是善有善报吗！”我猛然想起一本畅销杂志漫画上的一段话：人心就像一本存折，只有打开来才知道到底有多少收益。而每本心的存折正是用一点一滴的善累积起来的。

人生小哲理

与人为善，天地长春。那些乐于奉献和乐于助人的人，不难发现，他们身边的人也都是一样有爱心的，这说明，爱心不仅能够影响他人、感染他人，还能让自己的心态变得积极乐观起来，不管遇到什么困难，都有面对的勇气和信心。

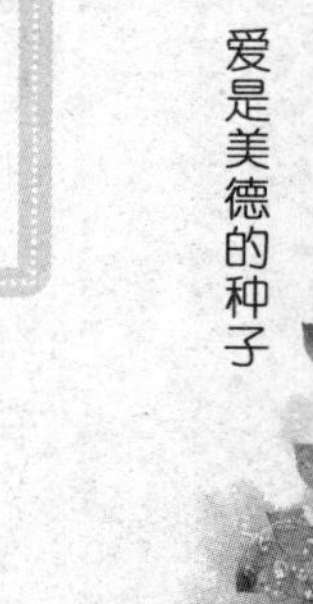

举手投足的举动

他就因为那个温柔的伸手动作，就被评上了服务标兵。

下雨天，下雪天，他都习惯性地扶住那些调皮莽撞的孩子、搀扶那些行动不便的盲人和上了年纪的老人，几十年如一日。他在市中心最繁华的路段当交警，也是这座城市市民的楷模。记者采访他，他就对着镜头拘谨地一笑，说，是因为那床厚厚的报纸被子吧。

高三那年，他迷上了游戏室，整天整夜待在里面不出来。母亲一气之下打了他，他就负气离家出走了。火车上颠簸着过了不知道几个站后，他随着人流下车后，才发现兜里的钱早不在了。天黑了，温度越来越低，他颓废地坐在候车室，看着人流越来越小，最后变得空空的。他想着，自己得在这冰冷的候车室里过夜了。

一开始，他在候车室内来回晃荡着走，大概是累了，也或者是厌倦了，反正他就把自己蜷缩在候车室冰冷的椅子上，不打算再动了。无法抵挡的寒冷从脚底向上升腾，最后传遍了他的全身。此刻，他是多么怀念家里的温暖，温暖的被子，厚实的大衣，哪怕有块破旧的毯子也成。

为了保持体力，他决定试着睡觉，就在他冻得浑身酸麻，手脚冰凉，迷迷糊糊的时候，他感到了轻柔的覆盖，一个激灵爬起来，看到的是张陌生女人的干皱的脸。他身上盖着她的一件灰旧的外套，还有层厚厚的报纸，从胸口一直盖到脚。她是白天在车站卖报纸的老妈妈。

老妈妈和善地笑着，睡吧，孩子，我的孩子如果还在，也应该你这么大了。

在后来的交谈中，他知道了她为了寻找走散的儿子，辞掉了工作，在火车站卖报纸十多年了。

后半夜，他睡得好香，清晨，老妈妈为他泡了碗热面，给他买了车票，再把他送上车。一路上，他脑子里全是老妈妈那张沧桑却又和善的脸，如果我儿子还在，也像你这么大了，如果他在外面睡着了，希望也有人为他盖件衣裳，哪怕几张报纸。

他回家了，回到家发现妈妈正在联系电视台发布寻人启事，一见到他就哭个不停。嘴硬的他半天没说句软话，却也从此努力起来，再没碰过游戏机，再后来，他考上了交通学校。

那次采访，他对着镜头说，我妈老了，反应也慢了，我希望她上街的时候有人能搀扶她一下。我做的不过是用父母的心去顾念每一个孩子，用孩子的心去感念全天下的父母……

电视机前，无数母亲的眼睛润湿了。

人生小哲理

爱很简单，就在带给别人温暖的举手投足之间。一个暖心的微笑，一个肯定的眼神，一句贴心的话语，一次认真的倾听，一点点的安慰和鼓励……不要小看这些生活中的点滴，看似不起眼，但是每一个爱心的举动，都潜藏着无穷大的力量，激发他人奋进，感染别人献出自己的爱心。

一个吹口琴的小男孩

那是个周末的早晨，我去小区外面的早市买菜，刚到菜场门口，就看到一个大概十二三岁的小男孩拖着个笨重的塑料皮箱，很认真地从箱子里往外拿东西。反正时间还早，我就站在那认真看了下，那是只带电池的音箱，可能还有功放一类的效果吧。小男孩利索地插上一只胸麦，再打开电源试了试音色，觉得还不错，就蹲下来又从箱子里翻出塑封好的纸，很认真地平摊在地上，估计是为了防止被风吹跑，他又捡来几个小石头压在纸的四个角上。

想着反正是周末，也没啥事，我就干脆凑上去看小男孩究竟要干啥，原来是一张口琴曲的点歌单，还有一张是当地村委会开的贫困证明，上面盖有村委会的公章，原来是来卖艺挣学费的。

我算不上音乐发烧友，但是平日里看到卖艺的总会停留小赏一会儿，姑且不论他们的水平如何，但总还是值得一听。只看到那个小男孩从口袋里掏出一把口琴，把胸麦夹在手指中间，就开始吹琴了，技术还不错，琴声悠扬，婉转。

他吹的第一支曲子是《春天在哪里》，大概是亲生的感染力，加上小男孩作为贫困中学生的自强自立，每隔那么一两分钟，就会有人扔钱给他。小男孩的脸上没有一点表情，只顾自己吹，看到人给钱，会稍微弯下腰，微微一笑，以示谢意。听他吹口琴的人心地都很善良，纷纷把买菜的零钱放到他的证明信上。

如果他真是为了学费而卖艺的中学生，不管那证明信是真是假，我觉得都不重要，至少他是在用自己的劳动换取报酬。他肯定也对明天有着美好的憧憬，而且很努力的在学习口琴，尽管琴声略显忧伤。他只是个涉世未深孩子，却早早地开始品尝生活的艰辛，还要面对世俗甚至质疑的目光……他可能完全感觉不到我这个听众对他的敬佩，又或者路人投币的声音是对他最好的鼓励……这些也都不重要，他一直在那里卖力地吹奏，从《隐形的翅膀》到《父亲》，琴声愈发忧伤了……

后来，我直接把买菜的50块钱给他了。

人生小哲理

如果生活允许，谁也不愿意以街头卖艺赚钱的方式去赚取路人的同情，但生活总有很多无奈，逼不得已才这样，看到这样的人，咱们别去怀疑事情的可信度，能帮的尽量帮吧。唱歌也是一种劳动，我们没有理由不去尊重，更没有理由去否认别人的劳动，如果可以，请献出你的一份爱心，这对你来说不过是九牛一毛，但对他人来说，意义就不同了。

一个关于面包的承诺

英国的一名矿工在井下挖煤时，一镐刨在哑炮上。哑炮响了，矿工当场被炸死。因为矿工是临时工，所以矿上只发放了一小笔抚恤金给死者的家人。

矿工的妻子在承受失去丈夫的痛苦后，又面临着生活上的压力，由于她无一技之长，只好收拾行装准备回到贫瘠的家乡。这时，矿工的队长找到了她，告诉她说矿工们都不爱吃煤矿餐厅做的早饭，建议她在矿区开个面包店，卖些面包和牛奶，一定可以维持生计的。

矿工的妻子想了想，便答应了。于是，她找人帮忙，租赁了一个店面，稍加装修，面包店就开张了。开张第一天的清晨，一下就来了 9 个人。随着时间的推移，买面包的人越来越多，但却从未少过 9 个人，而且风霜雨雪从不间断。

时间一长，许多矿工的妻子都发现自己丈夫养成了一个雷打不动的习惯：每天早晨下井之前必须吃一个面包。妻子们百思不得其解。直至有一天，矿工的队长在一次事故中被炸成重伤。弥留之际，他对妻子说："我死之后，你一定要接替我每天去买一个面包。这是我们队 9 个兄弟的约定，自己的兄弟死了，他的妻子和孩子怎么生活？咱们得帮帮她。"

从此以后，每天的早晨，在众多买面包的人群中，又多了一位女人的身影。来去匆匆的人流不断，而时光变幻之间唯一不变的是不多不少的 9 个人。

时光飞逝，当年矿工的儿子已长大成人，而他饱经苦难的母亲已两鬓花白，却依然用真诚的微笑面对着每一个前来买面包的人。那是发自内心的真诚与善良。

更重要的是，前来光临面包店的人，尽管年轻的代替了年老的，女人代替了男人，但从未少过9个人。经过十几年的沧桑变化，依然闪亮的是9颗金灿灿的爱心。

人生小哲理

爱心，我们在给予的时候，也要站在受与者的立场，多替他人考虑，用适当的方式，帮助能够帮助的人。谁都不愿意自己是被别人同情和施舍的对象，因为我们有自尊，有我们的骄傲，所以，在我们给别人帮助的时候，要注意方式。

爱心是无价的

我和丈夫住在他教书的重点中学里。这所学校里读书的学生大部分都来自市区，都有着很优越的生活条件。这天，来叩门的是个女生，衣着朴素，目光低垂。跟在她身后的是位中年人，浑身上下打满了补丁，从长相上看，应该是女学生的父亲。

父女俩拘谨地坐下，他们并没有啥事，只是父亲特地从八十里外的家里骑自行车来学校，就为了见见读高中的女儿，顺便来瞅瞅老师，父亲说，农村没什么新鲜玩意，只拿了十几枚新下的鸡蛋。说完，就从肩上挎的布兜里颤颤抖抖地往外掏。丈夫正要阻止，被我的眼色拦住了。布兜里装了很多糠壳，裹着十几枚鸡蛋。父亲很细心，生怕把鸡蛋挤破了。

十几枚鸡蛋放在茶几上，很是好看。我提议中午大家一起包饺子吃，父女俩死活不愿意，最后我还是坚持留下了他们，吃饺子的时候父女俩也是拘束得不行，但是很高兴，我也很是开心。下午送他们出门时，我问女同学，生活能维持吗？她点点头。我又对她说，也许你们家现在不富裕。但是一定记住，贫困的仅仅是生活和物质，而不是你。别人没有任何权利嘲笑你。

送走女同学和她的父亲，回到家里，丈夫一脸的差异。他很好奇为什么从来都把送礼者拒之门外的我，会收下这十几枚鸡蛋？从来不愿意参加任何应酬，却非要留父女俩吃饺子？看着他不解的眼神，我给他讲了自己二十多年前的故事。

那年我十岁，夏天，父亲要去给外地打工的叔叔打电话，天黑了，我跟在父亲后面，深一脚浅一脚地去十里外的小镇邮电局。我肩上挎的布兜里装着刚从院子里摘下来的七只大梨。这棵梨树长了三年，今年是第一次结果，刚好七只。父亲把它们全摘下来了，小妹急得又哭又跳又叫的，父亲就吼她，要拿它办事呢！

邮局早下班了，管电话的是个远房亲戚，父亲让我叫他姨爹。他们一家人正吃着饭，父亲说明来意后，姨爹就嗯了一声，没动，待他不紧不慢地把饭吃完，剔了牙，伸伸懒腰才问父亲要了号码。五分钟后，姨爹回来了，打通了，也讲明白了。电话费九毛五。父亲赶紧从裤兜里掏出钱，姨爹看也没看，就说，放那里吧。父亲又让我赶紧拿梨子，不料，姨爹一只手一摆，大声说，不，不要，家里多的是，你们去猪圈瞧瞧，猪都不吃这玩意了。

回家的路上，我跟在父亲身后，抱着布兜哭了一路。不是因为穷，而是因为贫穷让我们在别人眼里没了自尊。这种痛，让我一直记忆深刻，直到今天。

所以，我很喜欢今天来的这个女学生，我 在她身上看到了自己当年的影子。但我不会做出姨爹那样的手势，有时候，拒绝接受其实对别人也是一种伤害，而且那种伤害会让人记住一辈子。而无论何时何地，爱的力量总比伤害的力量大得多，爱也是永远无价的。

人生小哲理

有时候，拒绝接受其实对别人也是一种伤害。在适当的时候，维护他人的自尊心，也是爱心的一种。也许我们的拒绝也并非恶意，只是下意识的反应，但是这却可能在无形中对他人造成无法弥补的伤害，所以对我们的一言一行要三思，站在对方的立场考虑，这样，人与人交往才会更加和谐。

爱心站牌

西湖再往南，是一路景区，那里还有一个叫九溪的公交站。

每天早上，公交站牌下都会挤满人，赶着上班的、背着书包上学的，也有转车去景区看看风景的。

早晨的阳光暖暖地照着，公交车来了又走了。

不知道从哪天起，站牌下多了一对母女。女孩手里抱本书，母亲弯下腰，手指在书上，一行行地教小女孩认字读。偶尔也会抬起头，看看公交车来的方向。

春天乍暖还寒，小女孩的小脸和小手都冻得红红的，不过这并不影响她认真读书，清脆、响亮、细细听，还带着点颤音。

等车的人纷纷侧目，好奇地注视着这对母女。“连等车的时间都不放过，还教孩子拼音认字呢。”“这母亲当的，可真够费心的。”

一辆开往郊区的公交车来了，母亲匆匆交代了小女孩几句，就跑向公交车。母亲跳上车，女孩抱着书，看着车门关上，目送公交车开远了，才抱着书走开。

每天都如此，没有例外。

让大家有些不解的是，有时候是母亲先到公交站，有时候又是女儿先到公交站。要是遇上天气不好，母亲就领着孩子在车站边的一家单位的门廊下，教孩子读书，从来没有哪天间断过。

有一天，终于有位乘客忍不住了，就走过去问母亲：“你女儿学习真用功，几岁了？”母亲抬起头，又摇摇头，说：“她不是我女儿。”

“那你们是……”

母亲说：“我也是等公交车的，她是附近一个清洁工的女儿，我见她没学上，经常一个人在车站附近一个人游荡着玩，我就想着，能帮她一点是一点了，所以我们就约定，每天早上早点来，每天能教她十几分钟。”

原来是这样。

说完，母亲走到一边，继续教孩子。那天教的课文是《春天来了》：“春天像个害羞的小姑娘，遮遮掩掩，躲躲藏藏。我们仔细地找啊，找啊。小草从地下探出头来，那是春天的眉毛吧？早开的野花一朵两朵，那是春天的眼睛吧……”那位乘客偷偷地用手机拍了几张照片，再偷偷寄给了报社。

报社知道了之后进行了跟踪报道，记者很快了解到孩子叫小花，小花在老家已经读过一年级了，今年上春节之后，在杭州做环卫工人的父母将小花从老家接过来，却一直没联系到学校。小花每天都孤单地跟着父母去扫马路，遇到了等公交车的“母亲”，再后来，就有了站台下的约定……

公交站牌下“母亲”的故事感动了很多人，热心的人们四处奔波，为小花联系学校。很快，小花的学校就落实下来了，小花也可以和别的孩子一样，每天背着书包去上学了。记者提出要采访公交站的“母亲”，却被婉拒了。她告诉记者：“我也是一位普通的母亲，我的孩子正在念中学。不要把笔墨放在我这里，好心人很多，谁都会去做的。”

人生小哲理

我想，看到这样的母亲，没有人不为之感到动容。为了素不相识的清洁工的女儿，她每天抽出十几分钟的时间，圆小花上学念书的梦。她作为普普通通的等公车一族，却耐心且无私地帮助别人，不求回报，这是多么难得。她对记者说的话，很朴实却感人至深，她微小的形象瞬间变得高大起来。她只是爱心队伍里普普通通的一名，但也正是这样点滴力量，汇聚成爱的海洋，这个世间才变得那么温暖。

第 10 个警察的故事

清晨，交警杰克刚刚值完晚班，正准备开车回家睡觉。忽然从垃圾箱里跑出来个小女孩儿，可怜巴巴地说："我迷路了，您能帮我找到家吗？"

杰克让小女孩儿上车，然后就慢慢开着车，顺便询问小女孩儿家的电话和父母的名字。

"我家昨天才搬到这里，还没安电话，我爸爸叫凯瑞，妈妈叫凯莉，他们都很爱我。"小女孩儿摆弄着手里的布娃娃说。

杰克只好带着她在街上转悠，突然，小女孩儿问杰克："您爱您的爸爸妈妈吗？"听了小女孩儿的话，杰克的脸上有些不自然。因为他父亲是个吝啬鬼，而母亲则是每天唠叨个没完没了。所以他一直不愿意回那个家。

小女孩儿似乎看出了杰克的不快，眨着无邪的眼睛说："为什么会不开心？我就永远不会离开我的爸爸妈妈，他们也会爱我一辈子的。"

杰克转了好儿圈，可小女孩儿还是没有认出自己的家来。停下车，杰克买了两份早餐，边吃边和小女孩儿讲自己童年的故事。吃完早餐，杰克带着小女孩儿重新回到车上，然后对她说："孩子，和你聊天我非常开心，但是我现在不得不把你送到警察局去。"接着，重新发动了汽车，当汽车拐过一个街角时，小女孩儿突然抬手一指，就是这里，这就是我的家……

杰克抬眼望去，不由得吃惊地张大了嘴——那是市孤儿院。小女孩儿下车了，笑了笑说："您是送我回来的第 10 个警察，谢谢您！"

看到杰克有些不解的样子，小女孩儿笑笑，说："没什么，我只是想听听别人的童年故事，就这样，谢谢您。"说完，她便跑向了孤儿院的大门，进门的那一刹那，她转过身子，举起手中的布娃娃，笑着说："不过，我并没有说谎，瞧，这个是爸爸凯瑞，这个是妈妈凯莉。他们永远都不会离开我……”

杰克想要说些什么，但话到嘴边又咽回去了。良久，杰克拿起电话：“喂，是我，杰克……”

“不，不，不，这次我不是想向您借钱的。爸爸，我只是问候一下，您和妈妈最近还好吧……”

人生小哲理

爱心是可以传递的，在很多时候还能感化他人，就像文中的小女孩，虽然她没有父母，她所谓的家是孤儿院，但是她乐观，不怨天尤人，也不自暴自弃，她还能让杰克醒悟。而杰克，是送她的第十个警察，小女孩就是这样，听了别人的童年故事，还在潜移默化中感化了别人。

菊 香

那一年的春天，母亲在院子里种了一棵菊花。

三年后的秋天，小小的院子变成了一个菊花园，金黄金黄的花朵簇拥着次第开放，整个小山村都散发着浓浓的芳香。

母亲陶醉了。她整日敞着院门，守在门旁看见过往的乡邻就亲切地招呼或邀他们进来坐坐，以便让满院的菊花唤来更多的目光。于是，小小的山村仿佛也在秋天美丽起来，母亲的脸上现出了金色的微笑。

终于，有人开口了，向母亲要几棵花种在自家院子里，母亲答应了，她亲自动手挑拣开得最鲜，枝叶最粗的几棵，挖出根须送到了别人家里。消息很快传开了，前来要花的人接连不断。在母亲眼里，这些人一个比一个知心，一个比一个亲近，都要给。不多日，院里的菊花就被送得一干二净。

没有了菊花，院子里如同没有了阳光一样落寞。

秋天最后一个黄昏，我陪母亲在院子里散步。突然，就想念起满院菊香来。母亲轻拉过我的手，说："这样多好，3年后一村子菊香！"

一村菊香！我不由心头一热，重新打量起母亲来，她的白发增添了许多，而脸上的皱纹宛若一瓣菊花生动感人。

人生小哲理

文中的母亲告诉我们，做事的时候，不要只考虑自己的私利，要对身旁的人充满关爱之心，不要心里只有自己。一味的只是为了自己，那是要不得的。

爱心是什么？爱心是能鼓起你生命风帆的激励；爱心是什么？爱心是雪中送炭式的资助；爱心是什么？爱心是扶慰你受伤心灵的微笑。因为爱心，流浪的人们才能重返家园；因为爱心，疲惫的灵魂才能活力如初。渴望爱心，如同星光渴望彼此辉映；渴望爱心，如同世纪之歌渴望永远被唱下去。

第六章

爱心——你生命风帆的激励

叫柳丫的姑娘

那个寒冷的冬天，他用自己的棉衣把那个女婴裹着带回家，他让这个女婴随他姓，还给取了个小名，丫丫，大名干脆就叫柳丫了。

柳丫5岁了，和村里的孩子闹矛盾了，其他孩子就骂她："柳丫丢丢，没有爹娘。"柳丫就大声辩驳："我有爹娘！"其他孩子就嬉笑着跑开了："你爹不是你亲爹，你娘也不是你亲娘……"

她挂着眼泪去问他，他说："你看，你大哥叫柳石，你二哥叫柳锁，只有你叫柳丫，为啥？因为你是爹的宝贝丫丫。"说完抱起她一起照镜子。"要不是亲爹，你能长得这么漂亮吗？"她就破涕为笑了。

柳丫7岁那年，爹娘因为讨论要不要她上学就吵起来了。家里已经供两个哥哥读书，再没钱给柳丫交学费了。爹打算出去借，娘挡在门前，他用力把娘推倒在地上，在娘的哭声中，挨家挨户地借到了钱……

过了好些日子，她从学校放学回家，家里坐着两个衣着光鲜的城里人，城里女人一看到她，就奔过来紧紧地拥着她："孩子，妈妈对不起你……"她挣脱出来，藏在爹背后。爹把她拉过来，说："柳丫，他们才是你的亲爹娘。跟他们回城里，那才是你的家。"

她被城里男人抱上了小轿车，她拼命地挣扎："爹，我要不是你亲生的，能长这么漂亮吗？爹……"

她进了城，住进楼房里，名字也改了，叫杨阳。

柳丫的生父生母留下一万块钱算是抚养费，他把那钱收好，说必须还给他们，让他们用这钱供柳丫读大学。

他进城去，找到了柳丫现在的家。柳丫一看见他，就冲过来抱住他："爹，丫丫想你！”爹强行把钱塞给她的亲生父母，说：“拿这钱供柳丫读书吧，让她做个有出息的人。”然后狠心地甩开柳丫，就跑开了。

他总是进城，偷偷地看上一眼丫丫，然后不等丫丫发现就独自走了。

25岁的杨阳在市医院工作，药剂师。那天，她像以往一样从窗户接过药方，那药方上写的名字是：柳胜利。她微微一怔，抬头，窗外是熟悉的面孔。药方上写着“氨酚待因”两盒。她取药的时候手抖个不停——这是一种抵抗癌症疼痛或者大手术后止疼的强效镇痛药。她打电话给开处方的医生，对方淡淡地说：“食道癌”。

她走过去时，泪水已经模糊了视线。他正在大厅里用自己从家里装来的水吃药，看了看依旧戴着口罩的她，没认出来是谁，低下头把自己的药盒揣进口袋，起身准备离开。她一步步地跟出去，在医院门外，她终于喊了声：“爹！”声音哽咽，却坚定。“我要不是你亲生的，能长得这么漂亮吗？”

他大口大口地喘着粗气，没敢回头，浑浊的泪从眼中滚落。能够对他说这句话的，除了他的丫丫，还能有谁呢？

人生小哲理

爱心有时候很伟大，虽没有血浓于水的亲情，但感情丝毫不少，就像文中的丫丫，她被善良的夫妇收养，当作亲生女儿一样对待，丫丫也不忘他们养育之恩，他们的爱心是相互的，他们的牵挂也是彼此的。世间之爱千万种，但不管哪一种都令人感动不已。

开启易拉罐

那是多年前的事了，那个夏天，在南下的火车上，一个满脸稚气的男孩子倚窗而坐。男孩子是个农村娃，崭新的半袖白T恤衬得皮肤黝黑黝黑的。在这之前，他未曾坐过火车。他要去南方，去他梦寐以求的大学。男孩子对面的座位上，是一对母子。

闷热，车厢里闷热极了，男孩子感到口渴难耐。

方便面、矿泉水、健力宝。乘务员大声地喊着叫卖。

健力宝？男孩子只知道这是一种很奢侈的饮料。念高中的时候，班里有钱的学生才喝得起。爹妈从来没给自己买过。如今，他要去外地上学了。他从衣兜里摸出一张皱巴巴的5块钱，递给乘务员。

男孩子不知道如何开启这罐饮料。他把健力宝拿在手里，颠来倒去，看了又看，最后，他把目光定格在了拉环的位置。迟疑了好一会儿，他才从腰间摸出一把水果刀，企图在拉环的位置把健力宝撬开，撬了两下，发觉易拉罐的壳很是坚硬，便停了下来，又把目光盯着拉环处。

这时，只听见对面的妇女对自己孩子说："童童，快把健力宝给妈妈拿过来。"

小男孩说："妈妈，你刚喝过水，怎么又渴了？"

"快，听话。"年轻母亲催了下。

小男孩便站在车的座位上，把手伸进车窗旁边挂着的塑料袋。

年轻妈妈把健力宝拿在手中，眼睛盯在拉环上，余光注视着男青年，只听"嘭"的一声，健力宝打开了，随之，车厢里又传出"嘭"的一声响，男孩子也的易拉罐也打开了。妇女微微地笑了一下，喝了一口，就把自己的健力宝放在茶几上，很明显，她根本不渴。

许多年后，男孩子参加了工作，却始终对这件事记忆犹新。他感激那位善良的中年妇女，她为了不让自己难堪，并没有直接教他易拉罐的开启办法，而是间接地完成了这一过程，完整地保留了他年轻的自尊心。

后来，他把这份感激还化成了很多小小的善举，并把这些带到了社会的诸多角落。

人生小哲理

一个善良母亲的善举，不仅解决了小男孩第一次遇到易拉罐而不会开启的窘态，而且维护了一个小男孩的自尊心，这看来很简单，但对于小男孩来说，却能够影响他的一生，不管时隔多久，他将永远记得火车上那位善良的母亲，用她的爱心，给他上了一节人生的课。

良知站起来了

76岁的杰克是名医生，瘸着一条腿，那腿是被他的战友们打瘸的。

1941年9月，莫斯科保卫战，莫斯科的天气越来越恶劣，在这种恶劣天气下，杰克所在的德军阵营因为战线拉得太长而节节败退。

经过一天激烈的巷战之后，杰克所在的连队只剩下几十个人了，无奈之下，他不得不向莫斯科郊外的村庄退守。苏联红军在后面穷追不舍，杰克的部队路过一个刚激烈交锋过的废墟地，杰克找了个废弃的灶台去里面躲起来，刚好还可以观察到外面的动静。

浓浓的硝烟到处弥漫着，苏联红军一个人也没抓着，只得悻悻地离开村庄，继续去追。

大概过了半个小时，杰克他们从废墟里爬了出来，正准备迅速集合并撤离的时候，杰克听到一个女人的呻吟声，那声音来自自己所藏身灶台的另一侧的一片草垫，杰克挪开草垫一看，下面竟藏着个孕妇，即将临产。孕妇一看面前站着个德国人，吓得浑身抽搐。她用无比慌乱的手势向杰克哀求着。

杰克重新盖上草垫，准备离开时，孕妇发出撕心裂肺的喊叫声，杰克重新揭开草垫，有过医生经验的他意识到，妇人要生产了。孕妇的身体看起来极为虚弱，加上条件恶劣，如果自己不帮她接生，很可能会有生命危险。此刻的他也顾不得连队集合的信号了，连忙示意要帮孕妇接生，孕妇点头表示同意。十分钟后，一个婴儿的哭声响起来，母子平安。杰克留下了自己身上仅有的食物后，跑出废墟。

等他赶上连队，战友们已经走出村子好几公里远了。看到杰克两手鲜血，他们开始质问他迟到的原因，杰克如实相告，结果长官大发雷霆，一脚把杰克踢得老远。接着是十多双军靴雨点般踹到杰克身上……

待他再次醒来的时候，已经躺在了苏联红军的担架上，他的右腿也因此被踹成粉碎性骨折，是苏联红军救了他。

二战结束后，作为战俘的杰克回到了德国。他原以为人们会对他加以鄙视甚至谩骂，结果大多数国人却并没有这样做，反倒有家医院主动接纳了他，邀请他做主治医师。

为了救敌国的孕妇，杰克甘心违背军纪，活生生地被打折了一条腿，做了战俘。但是杰克却并不后悔，用他的话说，尽管瘸了一条腿，但是自己的良知却站了起来。

人生小哲理

有一种爱心，能够在一瞬间爆发出惊人的力量，救人于水火，不顾个人生死，杰克的良心不允许他对向他伸手求救的妇人无动于衷，即便他成为战俘，即使他为此断了一条腿，但他不后悔，如果再问他，会不会做出同样的选择，他肯定毫不犹豫地说：会。爱心，不管在什么时候，不管在什么恶劣的环境，都不会受到影响。

圣诞节的给予树

圣诞节快到了，该选购圣诞礼物了。孩子们热烈地讨论这个问题，互相试探对方的心意，都希望送出最真挚的祝福，收到最甜蜜的笑容。让我最担心的是，我们家并不宽裕，我只攒了100美元，却有5个孩子一起分享，他们怎么可能买到很多很好的礼物呢?

圣诞节前，我给了每个孩子20美元，并提醒他们每个人至少准备4份礼物。然后，我把他们带到了一个大商场，分头去采购，并约定两个小时之后，一起回家。

回家途中，孩子们高兴极了，兴高采烈地，你给我一点儿暗示，我让你摸摸口袋，不断地让别人猜测自己买了什么礼物。只有8岁的小女儿丽萨沉默不语，透过塑料袋，我发现她只买了些棒棒糖——那种50美分就可以买一大把的棒棒糖。我很是生气，她到底用这20美元做了什么!

一回到家，我就把她叫到自己的房间，打算和她好好谈谈。还没等我开口，丽萨就先开口了："妈妈，我拿着钱到处逛，本来想给您和哥哥姐姐买一些漂亮的礼物，结果我看到一棵援助中心的"给予树"。树上有很多卡片，其中一张是一个小女孩儿写的，她一直盼着圣诞老人送她一个穿着裙子的洋娃娃，于是我就取下了卡片，买两个洋娃娃，把它和卡片一起送到了援助中心的礼品区……丽萨的声音很低，显然她在为没能给我们买到像样的礼物而难过。我的钱，就只够买这些棒棒糖了……可是，妈妈，我们有那么多人，已经能收到很多礼物了，而那个小女孩却什么都没有……"

我紧紧地拥抱着丽萨，这个圣诞节，她不但送给我们一大把棒棒糖，还送给我们善良、仁爱、同情和体贴，以及一个陌生女孩如愿以偿的笑脸和幸福。

人生小哲理

对他人表达我们的心意有很多种方式，送礼物只是其中之一。丽萨没有给家人买到圣诞礼物，但是她的行为却让她妈妈感动了，其实，被感动的，不仅仅是丽萨的妈妈，我们也会被这样的爱心所感动。当他人需要帮助时，当你能够轻易就能满足别人所不能的事情，为何不付出自己的一份爱心？这只是举手之劳，但意义却很重大。

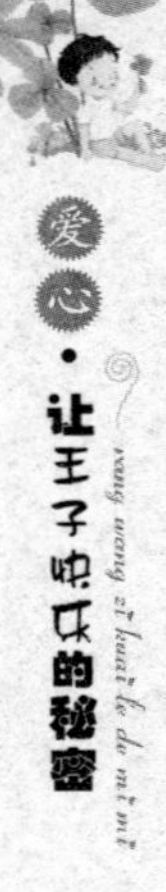

伟大的爱心

很早很早以前，有那么一座小岛，岛上居住着所有的情感——快乐、忧愁、满足，当然，还包括了爱心。

一天，情感们得知，岛屿将会沉没，于是它们各自修理好了自己的船，离开了小岛，只有爱心每天来回帮别人奔忙着，忘了修理自己的船。当海岛即将沉没的时候，爱心决定求助。

富有乘着一艘豪华游艇从爱心旁边驶过，爱心说："富有，你能带上我吗？"富有说："不能，我船上载着很多金银财宝，没有你的地方了。"

虚荣乘坐着一艘美丽的船也从爱心身旁驶过，爱心向虚荣求助："虚荣，请你一定帮帮我。"虚荣答道："我不能帮助你，爱心，你浑身湿淋淋的。会弄脏我的船的。"说完，就迅速离开了。

忧愁过来了，爱心求他帮忙："忧愁，让我跟你一起走吧。""不……爱心，我哀伤至极，需要一个人静一静……"

快乐也从爱心的身边经过，但他正大声地唱着快乐的歌，都快高兴得忘了形了，根本就没有听见爱心的呼救！

海岛一点一点地沉没，爱心焦急万分。

突然有个声音响起："来吧爱心，我带上你。"说话的是一位长者，爱心喜出望外，万分高兴，它甚至忘记了询问长者的名字。当它们抵达陆地时，长者飘然而去。

爱心惊魂稍定时才发觉自己已经找不到救命恩人了，于是他向理解求救："理解，请问是谁帮助了我，让我度过这次劫难。"

"是时光。"理解回答说。

“时光？”爱心追问道，“但是时光为什么帮助我？”

理解的微笑中透着深刻的智慧。它回答道：“因为唯有时光才能理解爱心是多么伟大。”

人生小哲理

当我们在努力追求权势、地位、金钱，甚至是理想、快乐、幸福的时候，爱心很容易被搁置，忙碌的生活，忙碌的身心让我们忘记了爱心为何物，更没想过向他人传达自己的爱心，献出自己的爱，这就是为什么我们生活条件越好，却越觉得烦躁、空虚的一个很重要原因。因为只有付出爱心，你才收获快乐，那是一种再好的物质条件都不能比拟的幸福感。

一个叫小小的小保姆

老婆休完产假，就要上班了。然而，我们双方的父母都在外地，没办法赶过来。只好请个保姆来带孩子。看到晚报分类广告中有家政公司刊登的广告，打电话过去问了下简单的基本情况后，我请他们帮忙介绍个保姆。

第二天家政公司就把一个叫小小的四川女孩儿带来了。小姑娘又小又瘦，还穿着一件宽大的旧衬衫，配着紧巴巴的裤子，一点也不合身。看着她老实巴交的样子，本想雇她的，却又觉得她太小了。小姑娘大概是看出了我的心思，就说："叔叔，您放心吧，我七岁就开始煮全家人的饭了。要是有不懂的，您只要告诉我，要我怎么做就成，我保证听您的话！"我心一软，就她了。

谁知第一顿饭小小就没做好，饭糊了。我和老婆什么都没说，小小却伤心地哭了一场。说："我平时在家里吃的都是窝窝团，煮米饭还是头一回，水放少了。"老婆说："不要紧，慢慢的就好了。"她说："白花花的大米，好可惜哟。"我和老婆就故意争着吃糊锅巴，还嚼得咔嚓直响，"糊锅巴是化食的，帮助消化，再说我们想把饭做糊都难呢。"小姑娘听到这，就破涕为笑了。小小挺聪明的一孩子，什么事都是一说就明白。我说了几个菜，她把它炒出来，老婆吃得是赞不绝口。

除了做饭，照顾孩子，小小还争着给我们洗衣服和收拾屋子。她爱笑，笑起来天真烂漫，纯真无比。我和老婆每天上班很辛苦很累，但是回到家，一见到活泼可爱的小小，看到家里收拾得有条不紊的，孩子也被她照顾得好好的，就觉得不累了。最奇怪的是半个月过去，从来没见她给家里打个电话什么的，这可不像我和老婆刚结婚时请的那些外地保姆。

时间长了，我们也慢慢了解了些小小家里的情况。家里三姐妹，她最大，父亲在她十岁那年患了肝癌，为了治病负债累累，因为不堪生活重负，母亲两年前扔下他们三姐妹离家出走了。不久前，父亲也撒手人寰。因为家穷，她初中只读了半年就辍学了，现在家中还有80多岁的奶奶和两个年幼的妹妹相依为命。年龄不大的她不得不出来挣钱养家和还债。

发工资那天，老婆悄悄问我，一个月给小小多少钱？我说1000块，因为按照行情，我们这里的保姆就这么多工资。老婆一声叹息，随后用商量的口气说："我看这个小姑娘家里挺困难的，咱们能不能每个月给加500块？"我点点头。

月底，我把1500元工资给小小时，她问："怎么变成1500了？不是说1000吗？"我说："你别管了，给你，你就拿着吧。"她有些犹豫。我说："是你记错了。当时给你说的就是1500元。"

小小在我们家做了一年零三个月的保姆。那天，她接到老家邻居打来的电话，说奶奶病重住院了，可能撑不了多久了，要她尽快赶回去照顾奶奶和妹妹。我让老婆买了些衣服和其他东西送给她，并结算了工资。第二天，我把小小送到火车站，并帮她买好车票，送她上了火车。

回到家，才发现在小小的卧室枕头边有张纸条，还有一大叠钱。纸上写着：叔叔，我没记错，是您记错了，我们当初讲的就是每个月1000元。但是您每次多给我钱时我也假装不知道，也许有了这些钱，够给奶奶看病和给妹妹交学费了，但我越想越害怕，您和阿姨对我恩重如山，我怕将来你们想起小小，说这姑娘没良心！今天我把您多给的钱还给您，心里轻松了好多，想着和你们分别，也许永远再见不着，我很难过，希望以后有机会，您和阿姨来乡下玩，小小。

看了纸条上的字，我和老婆呆呆地站在那里，半晌说不出话来……

人生小哲理

我们总是去抱怨世间无情，感叹人心冷漠，却从不去审视自己，在抱怨的时候，你是否也在内心竖起了一道他人无法跨越的城墙？遇到社会不公现象时，你能不能为他人伸张正义？在他人需要帮助的时候，你首先想到的是不是自己帮助之后的好处和坏处？我们总习惯从利我的角度去看问题，所以才会有那么多顾虑。

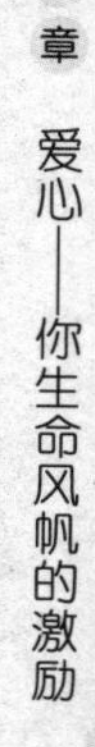

一只叫慈悲的鸟

在北美洲有一个地方布满了森林，所以吸引了大量的鸟类来此居住，其中被土著人称为“慈悲鸟”的鸟类数量最多了。之所以把它们叫作“慈悲鸟”，是因为它们在抚养幼鸟时，只要听到和幼鸟相同的“饿啊饿啊”的叫声，就会将口里的食物向叫声的方向投去，而且叫得越凶，它们捕食就越勤。慈悲鸟不停地工作的原因，是因为它们拥有一颗慈悲的心。

生活在那里的一部分土著人，利用它们的慈悲心过上了衣食无忧的日子，他们学着幼鸟的叫声，整天坐在一块地毯旁边，不停地叫着，饿啊，饿啊！于是便有无数的慈悲鸟飞过来投掷食物。等地毯上堆满了鱼虾和蛤蜊时，他们就满意地将东西打包回家了。这些人将一部分食物留下自己吃，吃不完的就拿去换钱。很快，他们便过上了富裕的生活。

但是，并非所有的人都会坐在那里等待慈悲鸟投掷食物，绝大部分人不愿意那么做，而是坚持亲自下海捕鱼来养活家人。他们认为，哪怕是自己再辛苦，只要是用自己双手去创造的生活，日子过得才坦然。

还有一部分人，认为学幼鸟的叫声来欺骗慈悲鸟是极为不道德的，而且慈悲鸟因为整天要“照顾”喊“饿”的人，来不及照顾幼鸟，导致好多幼鸟都饿死了。为了不让它们灭绝，他们便用自己捕来的食物喂养幼鸟。

所以，岛上逐渐就形成了三类人，第一类人，专门靠慈悲鸟施舍过日子；第二类人，就是自给自足型，靠自己的双手养活自己；第三类人不但自给自足，还要喂鸟，担任起保护慈悲鸟的重任。

突然有一天，一场大火毁掉了岛上的森林，慈悲鸟不得不被迫迁走了。从那以后，很多人的生活便乱套了。第一类人因为习惯了慈悲鸟的施舍，他们除了会喊饿之外，就不会干别的事了，最后只能跑到街上，继续喊饿；第三类人，因为习惯了给幼鸟提供食物，而岛上的慈悲鸟已经迁走了，没有了幼鸟可以喂养，刚好就将慈悲心给了那些在大街上喊饿的人；第二类人嘛，依然过着自给自足的生活咯。

人生小哲理

文中的三类人代表了三种不同的生活态度和生活习惯，只想不劳而获的人一旦失去了可依靠的基础便不知所措；自己动手，丰衣足食的人一辈子忙碌而平庸；而把自己的成果与他人分享，无私献出自己爱心的人是充实快乐的，这不仅体现在他们的物质生活上，还充分表现在他们的精神生活上。不管外界环境发生了怎么样的变化，有爱心的人会一如既往地奉献自己的爱心，不会因为环境的改变而发生改变。

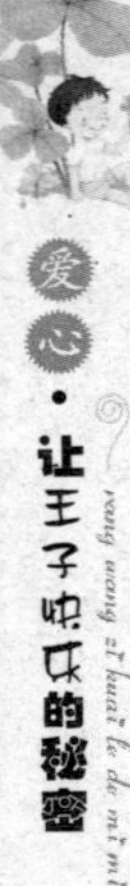

暂时停止唱歌

那是20多年前的事了。

初秋，音乐老师带着我们去学校旁边的小树林练习声乐。初秋的天气很是舒爽，树叶还没泛黄，一片绿意。

唱歌前，老师要求我们集中注意力，跟着她的手势节奏，掌握好节拍，找到“感觉”，将“效果”唱出来。老师还许诺：只要我们班在明天的歌咏比赛上获得第一名，她就给每个同学奖励两颗奶糖，大白兔的。这个诱惑实在太大了，同学们个个都激动得摩拳擦掌。看着老师的笑脸，跟着她打拍子的节奏，卖力地唱。

连续练习了3遍，老师也越来越满意，不停地夸我们。当她让大家休息片刻时，我们居然要求继续练习。老师有些感动，说：“好吧，这次我们正正规规地‘演习’，就按舞台上那样来一遍。”

“起头，开唱。”老师手一抬，我们的歌声整齐地汇集到一起，声音嘹亮——刚好唱到动情时的时候，我们忽然发觉老师神色有异，手动不了了，两眼死死地盯着我们身后的某个地方。大家注意力也分散了，歌声顿时弱了、乱了。有人甚至在窃窃私语：“老师在看什么呀？”大家都回过头……

原来，小树林那边出现一位坐在牛背上的老奶奶。老奶奶就住在我们学校附近的村子里，平日里，我们偶尔还能看到她劳作的身影呢。但今天的情况貌似不对劲：她像是在哭，腰弓得像虾米，头昏昏沉沉地垂在胸前。有同学悄声问：“她咋啦？”没有人知道。

许久，老师才轻轻叹了口气，手垂下来，不再管我们。有同学急了就问：“老师，怎么不练习了？”老师这才回过神来，摆摆手：“孩子们，暂停唱歌。”

又有同学问："老师，那个老奶奶怎么啦？"老师压低声音："老奶奶的孙子前几天去世了。"

大家都停了下来。按老师的要求，我们必须等老奶奶走远才能唱歌。但是，老奶奶一直坐在牛背上，而牛就一直在小树林附近吃草。也不知过了多长时间，下课铃就响了，我们再没有机会练习合唱了。

第二天的歌咏比赛上，我们连第三名都没进。但是再上音乐课时，老师却意外地带来大白兔奶糖，给每个同学发了两颗。老师这么解释道："虽然比赛失败了，但我仍然很高兴——你们的爱心得了第一名。"

人生小哲理

没有什么事情比维护孩子们的爱心更重要了，老师在教孩子们理论知识，带他们唱歌比赛，但依然不忘爱心教育，这样的老师值得尊敬。孩子们不为比赛名次而不顾及逝去孙子的老奶奶的感受，这样的孩子更值得鼓励和奖励。我想，虽然不能赢得比赛，但这节课学到的东西远比名次要重要得多。

爱心晚报

1990年，一个身家过亿的，喜欢冒险的中国青年到了马来西亚。他不知道从哪里打听到，这里发现了一个大型油气田，他准备在这里修一条高速公路，如果项目运作成功，公路两边的土地将会大幅度升值。

经过严谨的分析研究，这个青年做出了他这一生中最冒险的决定，他将公司所有的资产作为担保向银行贷款，拿到了公路两边的开发权。

半年过去了，油气田的项目依然没有立项结果。青年有些坐不住了，这时候他手上的盘缠已经所剩无几，住宿也从五星级酒店搬到了四星级，再到三星级，现在是旅馆也住不起了。为了省钱，他打算租用旅馆的一个小仓库，每天只吃最便宜的盒饭，再找机会偷偷溜到旅馆的大厅去看当天的晚报。

仓库的管理员是一位老华侨，看到他的处境如此艰难，非常同情，不仅免了他租仓库的钱，每天还把自己订的晚报带给他。

这样的日子一共过了44天，青年的心也一天天逼近绝望，他连自杀的心都有了。那天，青年很意外地得知了老华侨根本不识字，这44份晚报，是特意为他买的。他顿时心中一热，仿佛看到了一线温暖的光，将自己从死亡边缘拉了回来。晚上，他认真翻看着报纸，其中一条消息让他兴奋不已：油气田的项目立项了！随后的一周时间内，青年所买的土地价格翻了一番，他的生活一下子又从地狱回到了天堂。

走出绝境的青年第一个就想到了老华侨，他准备了一个信封，里面是一套当地最高档别墅的钥匙。当他把信封交到老华侨手中的时候，老华侨摇摇头说，我只是给你买了44天的报纸，怎么值得你送这么大的礼呢？

青年说："那44份报纸，是我一生中得到的最珍贵的帮助和关怀，就凭你的爱心，你有资格得到它！”

老华侨依然摇摇头：“谢谢你的好意，我已经习惯了现在的生活，也不想去住那种地方，真正值得你报答的，也不是我，而是帮助你的这个社会呀！”

这位青年，后来成了中国最有名的企业家和慈善家之一。

人生小哲理

人在绝望的时候，多数想到的是寻求解脱，怀疑生命的价值和意义，这个时候，要是有一个人，以他的爱心给予鼓励，哪怕是一件很小很简单的事情，都会让失意的人找到活下去的勇气。身处人生厄境，我们并不需要别人帮助我们改变现状，而是他人的理解，旁人的一点爱心，会让我们拥有面对困难的勇气和力量，就像老人那 44 份报纸。但对年轻人来说，这不仅仅是报纸，而是重新振作的勇气。

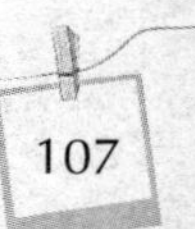

被历史铭记的修鞋人

在美国波士顿有一位靠修鞋维持生活的老人，他的鞋摊就在法院门外的大街上。每次法院开庭，他就收起生意，随着人流进入法院，旁听各种案件的审判。

那天清晨，一个衣衫褴褛、满脸悔意的年轻人被带进了法院。修鞋老人有着多年的观察犯人的经验，这又是个因为在公共场所酗酒闹事而被控告的。在当地法律中，酗酒闹事算不上太重的罪行，只需要被告人委托别人交一小笔保释金就可以判一年监外执行。

老人看着这个年轻人的脸上充满了悔意，还有惶恐。心中顿时升起一股恻隐之情。他敢肯定这个年轻人是个穷苦人家的孩子，很难拿出保释金。所以，开庭的时候，修鞋老人就从容地走向法官，表示自己愿意做被告的担保人，保释青年出去。老人的慈悲心肠和年轻人的悔意打动了法官，法官同意了修鞋老人的请求，下令延期三周再审判。

三周后，老人陪同被告人一起返回法庭。老人向法官呈上了一页报告——这个年轻人三周来滴酒不沾，一直在勤劳工作，照顾祖父，空余时间还去做义工。报告上还有年轻人所在街区的警察的签名。法官一见，欣喜不已，当场宣布释放了青年，并象征性地对他罚款一美分。

此后，这个年轻人就变成了一个守法勤劳的好公民，而且再没有饮酒。

此后的 17 年时间里，修鞋老人一共为 2000 多人做了担保，他的爱心改变了 2000 多人一生的命运。老人的善举还影响了美国司法制度的文明进程，以至于后来，马萨诸塞州正式通过了一项法律，专门成立了一个叫“缓刑司”的机构，实施“仁爱”的新刑事司法制度。

修鞋老人也因此被载入美国法律史册，他就是“缓刑之父”——约翰·奥古斯塔斯，他对后人的影响不逊于美国的任何一任总统。

人生小哲理

中国古代有一句话是：救人一命胜造七级浮屠。修鞋老人用爱心改变了许多人一生的命运，不能说哪个更值得推崇，因为这没什么可比性，都是救人，只是方式不同罢了。但我想说的是，爱心，可以改变他人的命运，可以让许多尚在迷途的人知返。我们不应该吝于我们的爱心，对他人的苦难无动于衷，而更应该在适当的时候伸出我们的手，扶他人一把。

听音乐的老人

一个小女孩因为长得又矮又瘦而被大家排除在合唱团之外，谁叫她永远穿着一件又灰又旧又不合身的衣服呢！这样，谁也感觉不到她的青春和活力，要是和她在一起，谁还有心思唱歌啊！

小女孩躲在公园里伤心地流泪。她想：我为什么不能去唱歌呢？难道我真的唱得很难听吗？想着想着，小女孩就低声唱了起来，她唱了一支又一支，直到唱累了为止。

“唱得真好！”这时，一个声音响起来，“谢谢你，小姑娘，你让我度过了一个愉快的下午。”小姑娘惊呆了！说话的是一个满头白发的老人。他说完后站起来顾自走了。这让小女孩很意外，想不到还有人愿意认真听完她唱歌。

小女孩第二天再去时，那老人还坐在原来的位置上，满脸慈祥地看着她微笑。小女孩又唱起来，老人聚精会神地听，一副陶醉其中的表情。最后他大声喝彩，说：“谢谢你，小姑娘，你唱得太棒了！”说完，他仍顾自走了。

就这样，小姑娘获得了很大很大的勇气，她决定改变自己，以后不再感到自卑，努力唱自己的歌，不再去在乎别人怎么看自己。

这样过去了许多年，小女孩成了大女孩，而且成了小城有名的歌星。虽然女孩已经成为了名人，但是她依旧忘不了公园靠椅上那位慈祥的老人。

在某一个冬日的下午，她特意去公匠找老人，但她失望了，那儿只有一张孤独的靠椅。她从在公园里散布的其他老人那里打听才知道，老人早就去世了。

“他都失聪 20 年了！”一个知情人告诉她。这个人边说边满脸疑惑地看着女孩，好像她是一个怪物。是啊，谁会相信一个失聪了几十年的人会听得到音乐呢？

姑娘惊呆了。那个天天屏声静气、聚精会神听她唱歌并热情赞美她的老人竟什么都听不见！她真的很无法理解！

人生小哲理

爱心有很多种，但有一种爱心只是一句话，一句对他人肯定的话，就可以温暖一个自卑人的心，让他重拾信心，奋发图强，就像文中的小女孩，她怎么会想到每天认真听她唱歌，夸她唱得好的老人是个聋人呢。老人听不见，但这不妨碍他付出爱心。爱心就是这样，哪怕是很简单的一句，都拥有无穷的力量，它是失意人前进的动力。

渗进灵魂的影响

小时候，我住在老家，有一段时间，我们村里有个女人感染了癌症，发现的时候已经是晚期了，已经无法治愈了。

一天，她在病榻前对丈夫说："如果我走了，请你在这3个月内，千万不要让儿子知道，我不想让他知道我的事情，如果是因为我，而导致他没有了前途，高考失利，我就算到了那边，也不会瞑目的。"

再过3个月，寄住在校的儿子就要参加高考，她不想因为自己的事情影响孩子的高考，从而影响到他的前途。可见这是一个真的很伟大的母亲。

第二天，她在病榻上安详地永别了人世。丈夫为她料理好后事之后，就依照她的话，非常成功地瞒住了这个不幸的消息，没有让儿子知道，儿子偶尔问起，他也很巧妙地瞒了过去。

3个月后，儿子参加高考，并且获得了非常好的成绩。

4年后，他以非常优异的成绩从大学毕业，并被一个非常知名的企业录取。又一年，他被领导提升，顺利地调进了办公室，成为了企业里面的一个管理人员。

一个新来的大学生私下问他："为什么从领导到员工都认为你很优秀呢？"他回答："其实，在工作和能力方面，我和大家没有什么差别，就算强，也强不到哪里去，我同大家没有什么两样。只是当我有困难的时候，很少去麻烦领导和同事们，但别人有了困难，只要我知道，我就尽心尽力去帮助他们，直到他们最后脱离困难。"

"你这样做，你不觉得吃亏吗？"人家又问，表示很不能理解。他摇摇头，说："我母亲临终时，还为我的前途着想。我高考时，母亲已下葬3个月了，可我一点都不知道。因为我母亲临终前嘱咐了家人，为我瞒住了这个消息。”

一个母亲的影响，会渗进儿子的灵魂，影响他的一生，而这一生，对这个儿子来说，将不仅改变他的现在，还有他的未来。

人生小哲理

在中国，孝道里母亲去世，儿子是要在灵柩旁守孝的，但这位善良的母亲，为了不让准备高考的儿子分心，毅然让家人瞒住他自己离世的消息，这令人感动。她的善良，深深影响儿子的一生，他富有爱心，乐于助人，深受领导和同事的喜爱。如果没有善意和爱心，是很难融入社会这个大家庭的。

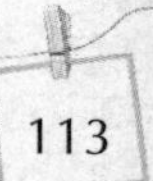

农夫和老鹰的故事

农夫刚打完柴，背着一捆柴回家的路上，农夫遇到了一个猎人。农夫看到猎人的罗网里有一只老鹰，而那只老鹰的翅膀已经受伤了，正在罗网里伤心地哭泣。农夫是一个很善良的人，平时连蚂蚁都不愿意踩死，见状，便动了恻隐之心，想挽救这只老鹰，便对猎人说："老哥，把这只老鹰卖给我吧，我很喜欢它。"

猎人看了看农夫，想了想，便同意了农夫的请求，把老鹰卖给了他。农夫把老鹰带回家，为它洗净了伤口，包扎好后，还给它喂了一些粮食，很用心地照顾着它。

老鹰在农夫的精心照料下，伤口好得很快，没过几天就能在蓝天上自由自在地翱翔了，恢复到了以前的身姿。

有一天，当农夫从地里做完农活回家准备做饭吃的时候，发现老鹰不知什么时候从他家里飞走了。农夫很后悔，自言自语地说："真没良心，我救了它一命，现在连谢谢都没说就走了，我以后再也不做好事了。我可不想再碰到这样子的情况了！"

某一年的冬天，太阳很大，农夫正靠着墙根晒太阳，碰巧那堵墙是坏的，就快要倒塌了，但是农夫却没有觉察到。正在这个危机的时候，天上飞来一只老鹰，它用爪子抓走了农夫头上的帽子飞走了。

农夫很生气，感觉自己一个活生生的人被一只动物给耍了，有失个人尊严，便起身去追。发现抓走他帽子的老鹰刚好是被他救了一命的老鹰，农夫便变得更加愤怒，他边追边骂："你这个该死的家伙，我先前救了你一命，不辞而别，不报答我不说，现在又来抢我的帽子，你真的是一个没有良心的东西……”

农夫的话还没有说完，突然听到身后传来了“轰隆”的一声巨响，农夫回头一看，刚才自己靠着的那堵墙已倒塌了，而他的帽子，已从天上掉到了他的脚跟前。

人生小哲理

这一个故事告诉我们两个道理。一，你对别人付出爱心的时候，就算没有任何功利目的，只是一种发自内心纯粹的情感，你某一天也能收获爱心，这一点是毋庸置疑的。二，你在某一天接受了别人的爱心帮助之后，一定要记得对方的恩情，在某一天，在对方需要帮助的时候，给予对方帮助。

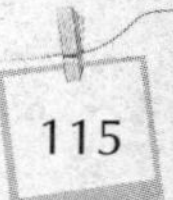

年轻人的花儿

有个年轻人在阳台上种了一盆很好看的迎春花，年轻人很喜欢自己种的这一盆迎春花，他很细心地照料着它们，几乎每天都会给它们浇水。

没有过多久，年轻人注意到他在阳台上种的那盆迎春花越长越繁茂，长长的枝条日渐向楼下伸展，为了不妨碍和打扰楼下的人生活和工作，于是，年轻人就决定把它们拉上来固定好，以免迎春花继续往下面疯长。要是因为自己的迎春花打扰了下面的人生活，那是多么不好的一件事情啊！

但是，在动手前，年轻人又打消了这个念头，因为他突然间觉得，这样做，是不是有些太小气了？这么美丽的迎春花，难道真的让自己一个人欣赏？年轻人想了想，还是觉得自己不应该这样做。因此，年轻人就停止了动作，就让迎春花向下面长去，没有了羁绊和固定的迎春花很快就将一帘秀色挂在了楼下阳台。

时间过得很快，转眼就到了第二年的春天，年轻人再去阳台的时候，他惊喜地发现，在阳台上，有一枝葡萄蔓攀爬了上来，年轻人俯身去看，却看到了一个非常美丽的姑娘，那个姑娘感觉到楼上有人在看她，就把自己那一张美艳的脸仰了起来，姑娘看到了年轻人，就冲年轻人露出了一个非常美丽的微笑。

虽然就住在楼上楼下，但是从来没有见过面和说过话，就显得有些羞涩，但是很快年轻人和那个姑娘就消除掉了初次唐突见面的尴尬，很痛快地聊了起来。

原来，楼下住的那一家人某一天发现了自己的阳台上伸下来了楼上人家种的迎春花，他们知道楼上人家是有意让自己一起欣赏和拥有这些美丽的花，就特别感谢楼上的年轻人。作为回报，他们就让自己种的葡萄攀了上来……

一来二去，楼上楼下的人就熟了。就在葡萄第二次成熟的时候，那个年轻人与楼下人家的女儿成为了恋人，不久之后，他们就结婚了，幸幸福福地生活在了一起。

人生小哲理

一个人的爱心，在生活中就能体现出来，在生活中，做每件事情的时候，都要考虑到别人的感受。俗话说，赠人玫瑰，手有余香。做每件事情的时候，考虑别人，你会有意想不到的收获。就像文章中这个善良的年轻人。

白头儿女

坐在我旁边的老人向我借笔填写汇款单，老人头发花白。我猜想，他可能是给正在外边上学的儿女汇款吧！

但老人填完汇款单后，又在附言栏中端端正正地写道："祝父亲、母亲中秋节快乐！"我一阵惊异：这老者竟然还惦记着他的父母亲！

当老人把钢笔还给我的时候，我发现他的眼眶里竟然湿润了，完全像是一个想家的孩子。莫非每一个人都是这样，只要有父母健在，无论多大的年纪，他仍然是一个孩子？

当一个人在青年、壮年时期先是执著地追求着一份自己的爱情和事业；而到中年时，又为自己的家庭、儿女的生活、学习、工作不停地劳苦奔波，等到人生之秋时，可能会想起自己多年来对父母的一份最不应该的疏淡。而在这个时候，绝大多数人已经是"子欲养而亲不在"。试想，若是人到花甲、近古稀的年纪，仍有机会在节日的时候，恭恭敬敬地说上一声"父亲、母亲节日快乐！"那是怎样的一种美满人生！

人生小哲理

很多人因为自己的事业和家庭而奔波努力着，却从来没有想过自己的父母亲。甚至有的人觉得父母养育我们，给我们爱是理所应当的事。对于父母的爱，许多人会忘记回报。其实，只有父母的爱才是天底下最无私的，更是我们最应该回报的。

爱心是美的化身，因为有她的存在，世界才会变得更加美丽。爱使人感到温暖，使人得到光明，使人有力量与所面临的困难作斗争。爱心是搭起友谊的桥梁，是人们心中永恒不变的璀璨明珠。

第七章 给爱心的回报

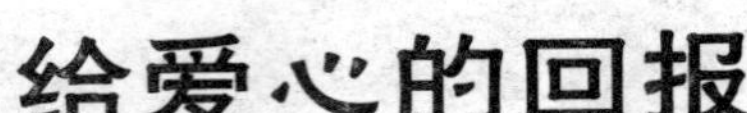

给爱心的回报

在上海工作的人都说，在上海最不缺的，就是人才。以前不觉得，现在是太深有同感了。所以，我在尽自己最大努力，把每一份求职信都写得再诚恳一点，把简历弄得再完美一点。看着寄出去的简历一个个沉入大海，我的自信也开始一点点被磨灭掉。不得不一次次降低求职标准……如果一周后我再找不到工作的话，我想我只能露宿街头了。

运气还好，第五天，我终于接到了面试通知的电话。是一家涉外酒店的人事部打来的电话，接完电话才想起，应该是三天前吧，我曾给这家酒店寄过应聘客房部主管的求职信。

按照要求的时间，我准时到酒店参加面试，到了才发现，这个职位竟然有上百人参与应聘。忙了一上午，最终留下来十五个人，很幸运，我也是这十五个中的一个。又接到通知，第二天下午三点到酒店参加由总经理亲自主持的二轮面试。老实说，我对接下来的最后一关的面试，并没有太大把握，因为在上一轮的面试中，我无意间看过前面几个的简历，他们中大部分都有这方面的从业经验，有几个人手中还持有英语6级证书。毕竟，从业经验对于服务业来说，太重要了。

当然了，既然我已经进了二轮面试，那我就要尽最大努力去争取这个机会。当天回家后，我就在网上搜集了不少关于这家酒店的资料，以及一些关于客房服务方面的文章，希望在明天的面试中，能有好的表现。

第二天，我提前一小时就到了酒店附近，面试这事，早得晚不得，如果按点走赶上堵车就麻烦了。

看着还早，我就准备去附近的公园走一走。正准备穿马路的时候，听见一声惊慌失措的哭喊。顺着哭声望过去，是一对老年夫妇，男的60多岁，神志不清地躺在地上，嘴歪在一边，身上全是吐的秽物，女的看上去比男的还老一点，正焦急地在路边拦出租车，大概是看到男人身上的秽物，好几个路过的空出租车都没停，就是那些路过的行人也都匆匆而过，没一个人停下来帮忙。

面对我停下来的询问，老大娘哭得语无伦次地说，刚才还好好的，不知道为什么，一下子就晕过去了……我看这躺在地上的神志不清、大声呼气的老伯，猛然想起几年前因脑中风去世的刘伯伯当时的症状就是这样子。我很清楚，对于这样的病人，时间就是生命。想到这，也不知道哪来的勇气，我一下子站到了马路中间，强行拦了辆出租车，然后我一边把病人抱进车内，一边掏手机让老大娘给家里打电话凑钱。等我们到达医院时，老人的儿子已经比我们先到并办好了入院手续。老人被推进了急救室，经过初步诊断，老人患的就是脑中风，医生说，幸亏送来得及时，否则……

我从医院出来的时候已经是下午五点多了，这时候才猛然想起下午三点的面试……心想着这下子算是彻底没希望了。第二天，我却意外地接到那家酒店的电话，说昨天由于酒店负责面试的人员临时有事，所以在没有来得及通知的情况下，取消了原定的面试，并且还因为他们的失约向我道歉，同时通知我第二天下午三点，去酒店参加第二轮面试。我完全没想过，还有这样巧合的事，昨天我有事，面试主管也临时有事，也许是上天注定不让我失去这次面试机会吧。

第二天下午三点，我准时到那家酒店，当工作人员按排队顺序把我领进总经理办公室，我才发现，总经理竟然是前天被我赶紧送到医院去的那个老人的儿子！见到是我，他也是一瞬间的惊讶，接着就是真诚地向我道谢。他说他正在派人到处找我，准备向我表示感谢呢。却没想到我们会以这样的方式见面。

小聊几句后，他告诉我，今天的面试其实就是对应聘员工进行一个小小的爱心测试，他们酒店之所以能在这么多同行竞争中站稳脚跟，就完全得益于酒店奉行的“爱心”和“感恩”的服务理念。而我则提前用自己的行动圆满地通过了这场面试。

从酒店出来，我突然觉得世界是那样美好，走在街上我想对每一个人微笑……

人生小哲理

爱心的付出，是没有什么回报的，而付出爱心的人，大多也没想过会得到什么，在他们看来，帮助别人只是举手之劳，就像扶起倒地的椅子那么简单，他自己并没有放在心上。但做好事，扶起的并非椅子，而是一个身处窘境的人，那个人会感激，假以条件成熟，他会以自己的方式去回报，或者不是直接报答扶起他的那个人，而是从中学会付出，再以同样的爱心去帮助其他人，这是一种良性循环。

关 窗

新学期开学的时候，我照例翻阅班上的辅导记录，之后发现自己带的新班级里有一位很特别的学生，小安。

她是个中度智能障碍的孩子，因为她的父母希望她能够重新“回归主流”，与一般正常的孩子进行互动，所以特意转班到了我的班上。

小安是个很瘦小的女孩子，怕生，害羞，但从我的角度来说，内心的紧张与不安，并不比她的恐惧轻松多少。从事教学工作这么多年来，遇到的孩子都是正常孩子，这还是第一次接触智能障碍的孩子，也许，这也是上天要给予我的艰苦考验吧。

小安在班上表现得很安静，基本上可以说是一言不发。她只认得自己的名字，对其他的汉字则是一无所知。而我因为忙于教学，还要处理几十个孩子的大大小小的各种问题，所以，一般情况下，我很少有时间和精力去注意到她，更谈不上和她多说些话。有时候我甚至会错觉地把她当成一个客人，这个班上的一个小客人，上学的时候，她无声地来，放学了，她又无声地走了。

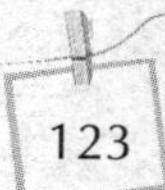

直到有一天，我患了重感冒，不仅是头晕眼花，而且整天鼻涕流个不停，昏昏沉沉的，一天的课下来，我完全不记得自己跑厕所吐了多少次……好不容易熬到了放学，学生们一哄而散。我则完全虚脱地坐在椅子上，一动不动。

忽然，我看到一个瘦弱的影子在门外徘徊，支撑着起身一看，原来是小安。我问她：“已经放学了，怎么还不回家呢？”她很认真地回答我：“老师，你生病了，好可怜。我要留下来帮你关窗户。”我笑着答应，只见她天真地笑着，然后用不甚灵活的双手，一个窗户接着一个窗户，细心地拉好，锁上……当她关好所有的窗户后，跑到我身边，突然伸出她稚嫩的小手，摸摸我的额头，

用娇嫩的童音对我说："老师，你要坚强，赶紧好起来哦，我会很坚强地照顾你……"这句话完全撼动了我的内心，我含着热泪抱住她，心里堆满了感动。原来，她就是上天送给我的天使，这个天使虽然少了一双能在天空自由翱翔的翅膀，却有一副善良的心肠。

人生小哲理

生活不是缺少美，而是缺少发现美的眼睛，同样的，生活不是缺乏爱心，而是因为快节奏的生活让我们无暇顾及。在一个可能会被你忽视的人群里，一定会有关注我们的眼睛，所以千万不要抱怨这个社会人情怎么冷漠，人与人之间有什么隔膜，我们更应该做的是，用爱心去温暖他人，在人心筑起信任的桥梁。

小男孩的母亲

一名小男孩邀请他母亲参加他小学的第一次家长会。她答应去参加。

但是母亲的这个决定却使小男孩大为惶恐，因为这是他的母亲第一次在老师和自己的同学面前出现，但母亲的出席会让他很尴尬。因为小男孩的母亲虽然是一个非常美丽的女人，但是美中不足的是，她的右半边脸几乎全被一片可怕的伤疤覆盖住。

小男孩从未听母亲谈过她为何有那道可怕的伤疤，当然，他也没有问，因为他不想面对，自己美丽的母亲居然还有这么一大道伤疤的事实，那对于他来说，实在是太可怕了。

家长会时，大家对他母亲和蔼、自然、美丽的气质留下深刻印象，并没有谁指责她脸上的那一道伤疤有损自己的形象。但小男孩还是很不自在，处处躲闪自己，好像生怕别人知道那是他的母亲一样，虽然那就是他的母亲。

但是小男孩还是无意间听到了他母亲和老师的对话。

“你脸上怎么会有这伤疤呢？”老师问小男孩的母亲。

母亲微笑着回答说：“当我儿子还很小时，有天他的房间着火了。火势很大，很快就失去了控制，没人敢进去救他，于是我冲了进去。就在我跑向他的小床时，我看见一支横梁迎面倒下，为了保护他，我扑到他身上挡住火，结果我被敲昏了。幸好有位消防员及时赶到，救了我们两人的性命。”说着，小男孩的母亲又摸了摸那一半被烧伤的脸，然后继续说：“这伤痕虽然会永久存在，但直到今天为止，我都从来没有后悔过我当时那样的决定。”

站在一旁静静听老师和母亲说话的小男孩早就已经满脸泪水了。小男孩满脸流着眼泪，他飞快地跑向他母亲，然后紧紧地抱住了母亲，为他母亲曾

经为他所做的牺牲感动不已。

那天其余的时间里，小男孩一直紧紧握住他母亲的手不放。

人生小哲理

母爱是这个世界上最无私的爱，同时也是最伟大的爱。为了我们她们可以付出所有，包括自己宝贵的生命。所以，不管我们的母亲怎么样，我们都要好好地爱她们。

让王子快乐的秘密

在很久以前，有一个国王，十分钟爱他的儿子。这位年轻王子，没有任何欲望不能满足。然而他依然常常紧锁眉头，很不快乐。

有一天，一位魔术师走进王宫，对国王说，他能使王子快乐。国王高兴地对魔法师说："如果你真的可以让王子快乐起来，那么你要求的任何赏赐我都可以答应。"魔术师将王子带进一间密室，用白色的东西在一张纸上涂了涂。他把这张纸交给王子，嘱咐他燃起蜡烛，注视着纸上呈现什么。说完魔法师就走了。

年轻的王子在烛光的映照下，看见那些白色的字迹化为美丽的绿色，变成这样的几个字："每天为别人做一件善事"。王子遵命而行，不久，他果然变成了一个快乐的王子。

人生小哲理

要是一个人能拥有一颗善良和爱护别人的内心，时常都给予身边的人快乐和祝福还有帮助，他也将会收获这些东西，甚至比自己以前的还要多，生活也将会变得更加充实和快乐。

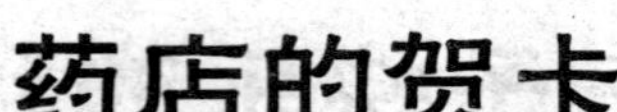

药店的贺卡

药店是很难招揽回头客的地方，谁也不想总是往药店跑，经常往药店跑是生病的标志，谁也不想生病。在这样的心理作用下，一般情况下，一个顾客买上一次药，等到下一次生病时再需要买药时，早已忘记了原来药店的名字，就算记得，也不会再去相同的药店。试想，谁愿意经常生病啊？就算是经常生病，也不能让别人知道，尤其是医院的医生。所以药店想让顾客记住自己店铺的名字，实在不是一件容易的事情，更别提招揽回头客了。

但是，事实并不都是这样的，日本就有一家药店，招揽了好多回头客，那么，他们究竟是怎么做的呢？

这家药店叫石井药局，坐落在日本千叶县，石井药局在他们办公室的墙壁上钉了 31 只空药盒，每一个盒子上都标明了一个月的日期。凡是来石井药局买药的顾客都会留下病历卡，石井药局就能从这些病人的病历卡上的病人资料得知了每一个顾客的生日日期。然后石井药局就记住了这些病人们的生日日期，到病人生日那天的时候，石井药局就会为每一个顾客都准备一张贺卡，石井药局的员工们在贺卡上面写道“您的健康是我们最大的心愿。如果您完全康复了，请告诉我们一声；如果您不幸仍需要用药，也请告诉我们一声，我们将竭诚为您服务”。石井药局的员工们将这些充满温情与亲切问候的话语分别投入不同日期的纸盒内，在顾客的生日的前一天，石井药局的员工们就会特别用心地将它们寄出去，这样，顾客就会在生日的当天收到这一张让人感动的贺卡了。

当然顾客收到贺卡之后，不仅仅只是感动和关怀这么简单。这些病愈之后的顾客会很满意地记住石井药局的大名，以后生病了肯定还会再来这家药店买药。至于那些病情还没有完全好的的顾客会再次到石井药局买药。

石井药局这一细至入微，但用心感人的举动赢得了所有顾客的好感，理所当然地让众多顾客铭记在心，随之而来是众多的回头客以及众顾客介绍的客人，石井药局由此声名大震并且财源广进。

人生小哲理

做生意的人都想拥有回头客，但是想拥有回头客并不是一件困难的事情，细心好好地对待自己的客人，客人自然就会找上门来，主要看你的行为是否能打动那些顾客。爱心，是做生意的一种法宝。

一棵快乐的苹果树

很久以前，男孩家有棵苹果树。他还是个小孩儿的时候，每天都会跑过来，收集它的叶子，把叶子编成皇冠，戴在头上，把自己扮成森林里的国王；没一会儿，他又爬上树干，抓着树枝荡秋千；口渴的时候就啃个苹果。男孩会和他的朋友们一起玩捉迷藏，玩累了，就在树荫下休息片刻。男孩好爱好爱这棵苹果树，那真是一段无忧无虑的日子，苹果树也喜欢这些时光。

时间一天天过，小男孩儿慢慢长大了，他跟苹果树在一起的时间越来越少了，苹果树感到好孤单。

有一天，男孩到苹果树下，苹果树说："来啊，孩子，来，爬上我的树干，抓着我的树枝荡秋千，吃个苹果，在我的树荫下玩耍吧，快快乐乐的。"

"我不是小孩子，我不要爬树玩耍。"男孩说，"我要买东西来玩，我要钱，你可以给我一些钱吗？"

"真抱歉……"苹果树说，"我没有钱，孩子，你拿我的苹果去卖吧，这样你就会有钱了，有钱你就能快乐。"

男孩子果然带走了苹果，卖了钱，男孩就很快乐了。苹果树也就快乐了。

在那之后，男孩好久都没再来。

过了好久好久，男孩回来了，苹果树高兴得发抖，它说："来啊，孩子，爬上我的树干，抓着我的树枝荡秋千吧，快快乐乐的。"

"我太忙了，没时间爬树。"男孩说："我要一间房子……我要结婚了，你能给我一间房子吗？"

"我没有房子，"苹果树说："不过你可以砍下我的树枝去盖房子，这样你就会快乐了。"

男孩子就砍了它的树枝，把树枝带走盖房子去了，苹果树满足了男孩的愿望，苹果树也很快乐。

男孩又好久没来，苹果树很是想念。

再来，是又过了好久好久。男孩回来的时候，苹果树就好快乐，快乐得几乎说不出话来。“来啊，孩子，”它轻轻地说，“过来玩啊。”

“我又郁闷又伤心，”男孩说，“我想离开这里，你可以给我一艘船吗？”

“砍下我的树干去造船吧！这样你就可以远航，你就会快乐的。”苹果树说。

于是，男孩就砍下了苹果树的树干，坐船走了。苹果树很快乐，同时，还夹杂着一丝伤感。

许多年过去了，男孩终于回来了，年老和疲惫的他不再渴望玩耍、追逐财富或者出海航行。

“我真抱歉，孩子。”苹果树说，“我已经没有东西可以给你了，我的苹果没了。”

“我的牙齿也咬不动苹果了。”男孩说。

“我的树枝没了，你不能在上面荡秋千了。”苹果树说。

“我太老了，没办法在树枝上荡秋千的。”男孩说。

“我的树干也没了，你不能爬树了。我真希望能再给你点什么，可是我什么都没有了。我只有一个老树墩，真抱歉……”

“我现在需要的不多，”男孩说，“有一个可以安静休息的地方就足够了。我好累好累。”

“好吧，”苹果树一边说，一边努力挺直着身子，“正好啊，一个老树墩是最适合坐下来休息的，来吧，孩子，坐下来休息吧。”

男孩子坐下来了。苹果树很快乐，很快乐。

人生小哲理

我们就像故事里的男孩，而那棵大树，往近处说，就是我们的父母，往远的地方说，就是这个社会。我们在成长的过程中，为了自己的需求，总是向他们不断索取，而他们就像大树一样，付出了所有的爱心，就是为了让孩子快乐。爱心，就是这么伟大，它不求任何回报，只是在有需要的时候默默付出。

玫瑰上的眼泪

我非常着急地赶往街角的那家百货商店，并暗自祈祷着，商店里的人能少一点，好让我能尽快给孩子们买好圣诞礼物。

结果赶到商店的时候，不禁暗暗叫苦，店里的人比货架上的礼物还要多，好不容易挤到玩具部的货架前，一看价格，我有些小失望，这些玩具太廉价了，我家的那些孩子们肯定看也不看一眼。不知不觉中，我到了洋娃娃的通道，扫了一眼，正打算离开的时候，看到一个大约五岁的小男孩，正抱着一个可爱的洋娃娃，不停地抚摸着洋娃娃的头发。我看着他转向收银员，仰着小脑袋问："您能肯定我的钱不够吗？"收银员有些不耐烦："孩子，去找你妈妈吧，她知道你的钱不够。"说完她就忙着应付别的顾客去了。那小可怜却仍然站在那里，抱着洋娃娃不放。

我有些好奇，弯下腰问他，亲爱的："你要把她送给谁呢？"

"给我妹妹，这洋娃娃是她一直以来，最想得到的圣诞礼物。她只知道圣诞老人能带给她。"

小男孩把头埋在洋娃娃金黄蓬松的头发里说："不可能了，圣诞老人不能去我妹妹待的地方……我只能让妈妈带给我妹妹了……"

我问他妹妹在哪里，他的眼神更加悲伤了。"她已经跟上帝在一起了，"我爸爸说，"妈妈也要去了……"

我的心几乎停止了跳动。那男孩接着说："我告诉他跟妈妈说，等我从商场回去之后再走……"

他问我是否愿意看看他的照片，我说当然很愿意。

他拿出一张照片，"我想让妈妈带上我的照片，这样她就永远都会记得我的。我非常爱我的妈妈，真的好希望她不要离开我。但爸爸却说，她可能真的要跟妹妹在一起了……”说完他低下头，不再说话。

我悄悄从自己的钱包里拿出一些钱，对他说：“把你的钱拿出来数数，也许你刚才没数对呢？”

他兴奋起来，说：“对呀，我就知道，钱应该够的。”

我把自己的钱悄悄混到他的钱里，然后我们一起数。他的钱现在已经足够买那个洋娃娃了，“谢谢上帝，给了我足够的钱，”他轻声地说，“我刚才在祈求上帝，给我足够的钱买洋娃娃，好让妈妈带给我妹妹，他真的听到了。”他又说：“其实我还想让上帝再给我买一只白玫瑰的钱，虽然我还没说出口，但他已经知道了，我妈妈非常喜欢白玫瑰。”

没过一会儿，我推着购物车走了。可我再也无法忘记那个小男孩儿。我想起了几天前在报纸上看到的消息，一个醉酒的司机开车撞了一对母女，小女孩儿死了，母亲情况危急，医院已经宣布无法挽救那位母亲的生命……我在心里安慰自己：那小男孩肯定和这事无关……

两天后，我又在报纸上看到，那位年轻的母亲已经去世了。我又一次深深地想起前两天在商店看到的小男孩，直觉告诉我那个小男孩和这事有关。那天晚些时候，我再也无法安静地坐下去了，我买了一大束白玫瑰，来到给那位母亲举行遗体告别仪式的殡仪馆。我看见，她躺在那儿，手里拿着一枝美丽的白玫瑰，怀里抱着一个漂亮的洋娃娃和那个男孩儿的照片。

我的眼泪没忍住滴答往下掉，落在白玫瑰上……

人生小哲理

人生无常，生命很脆弱，文中的小男孩还那么小，还不懂事就已经经历亲人离去的悲恸了。看了此事，有爱心的人会担心，他幼小的心灵是否能够承受得住，所以他需要他人的关爱，需要社会爱心的力量。我们的爱心，将是他生命里的一束光，不仅能把他的世界照亮，也能温暖他的心。

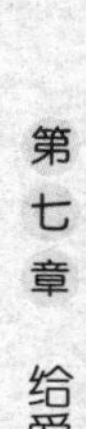

咬面包的小男孩

这天早晨，下着很大的雨，一位年轻的妇女领着一个五六岁的男孩走进了一家快餐店。他们坐下点菜时又进来了一个人，这个人背微驼，穿着一件破旧的上衣。他缓慢地走向一张狼籍的桌子，慢慢地检查每个纸盒，寻找着残羹剩饭。当他拿起一块法式炸土豆条放到嘴边时，男孩对母亲窃窃私语道："妈妈，那人吃别人的东西！"

"他饿了，又没有钱。"母亲低声回答道。

"我们能给他买一只汉堡包吗？"

"我想他只吃别人不要的东西。"

当女服务员递给母子俩两袋外卖食品时，男孩突然从他的袋子里拿出一只汉堡包，咬了一口，然后跑到那人坐的地方，把它放在桌上。

那人很惊讶，感激地看着男孩转身离去。

人生小哲理

这个社会上的确有很多需要我们帮助的人，但是他们并不喜欢被人施舍的感觉，但是这并不是说明他们拒绝帮助和不需要帮助。我们在帮助别人献爱心的时候要注意方式，任何一种动物都是有尊严的，更不要说人了。献爱心，也应注重方式。

一只救了狮王的小老鼠

在一片很大的森林里，有一只狮子，它是这里的狮王。有一次，它抓住了一只老鼠，

老鼠很可怜，它苦苦地哀求狮王，求狮王放了它。狮子经不住老鼠的苦苦哀求而放了即将到口的猎物。

小老鼠临走时说："以后有机会我一定会报答你的。"狮子说："你一只小小的老鼠能帮我什么呢？"

后来有一次，猎人带着他的猎狗来到森林里打猎，没想到让狮子盯上了，狮子立刻追了上来，眼看着就要咬到猎人了，突然狮子腾空飞起，被猎人布的巨网给网住了。猎人由于被狮子刚才的吼声吓跑了，所以根本不知道狮子被巨网网住。在生死攸关的时候，小老鼠带领它家族的成员，撕咬掉了巨网的绳索，狮子从而得以逃生。

人生小哲理

在生活中，有很多人都不愿意帮助别人，因为他觉得帮助了别人，而自己没有得到一些什么。其实不是那样的，很多时候，我们在帮助别人的时候其实也是帮助了我们自己。

千万不要做财富的奴隶

一个叫富勒的美国人，用他自己的话说，就是一生都在为了梦想而奋斗。一直从零开始，而后累积了大量的财富和资产。

等他 30 岁的时候，已经挣到了 100 万美元，但他觉得自己的事业才刚刚开始，还有更大的财富在等待着自己——他要努力成为千万富翁，而且他有这个本事。

后来他拥有了一栋临海的豪宅，一间湖畔的小木屋，2000 英亩的地产，还有数辆快艇和豪华汽车。但是问题也随之来了，他工作得很辛苦很累，并经常感到胸痛，比身体的病更为严重的是，他因为工作原因，疏远了他的妻子和两个孩子。虽然他的财富在不断增加，但他的健康，他的婚姻和家庭却岌岌可危。

最可怕的是，他完全没有意识到这些问题的严重性。他总是抱着最初的状态，从零开始，创造越来越多的财富，让自己变得越来越富有。

所以，当有一天，他在办公室心脏病发作的时候，他的妻子在一天前刚刚宣布要带着两个孩子离开他。此刻，他才发现，他除了财富一无所有了——自己对财富的追求耗尽了他所有应该珍惜的东西。他打电话给妻子，要求见一面。当他们见面时，两个人都热泪滚滚，他们此刻依然深爱着彼此。

最后，他决定，除掉破坏了他美好生活的元凶——他的生意和财富。

他卖掉了所有的东西，公司、房子、游艇、汽车……然后把所有的收入捐给了教堂、学校和慈善机构。他的朋友们都认为他疯了，但他从来没觉得自己像现在这样清醒。

接下来，富勒和妻子开始投身一项伟大的事业——为美国和世界其他地方的无家可归的贫民修建“人类家园”。他们的想法非常单纯：每个在晚上困乏的人至少应该有一个简单而体面，并且能支付得起的地方用来休息。富勒曾有的目标是拥有1000万美元家产，而现在，他的目标是为1000万人，甚至更多人建设家园。目前，人类家园已在全世界建造了6万多套房子，为超过30万人提供了住房。富勒曾为财富所困，几乎成为财富的奴隶，差点儿被财富夺走他的妻子和健康；而现在，他是财富的主人，他和妻子放弃了财产，而为人类的幸福工作。他拥有了自信而乐观的生活，他觉得他是世界上最富有的人。

人生小哲理

我们总以为有了金钱就拥有一切，包括幸福美满的家庭，所以为了追求金钱整天奔波忙碌，不顾妻女的感受，甚至以牺牲自己的健康为代价，到头来却发现除了金钱，一无所有。物质条件的满足并不等于精神上的富足，追求自身基本需求外，我们应该学会帮助他人，奉献爱心，只有这样，人的一生才会有意义。

用5块钱买车的男孩

海关新没收了一批自行车，在公告后决定拍卖。

拍卖中，每次叫价的时候，总有个看起来十来岁的男孩子喊价，而且每次都是以“5块钱”开始出价。然后眼睁睁地看着那些自行车被别人用30元、40元买去。拍卖会中间休息的时候，拍卖员问那个男孩子为什么不出比较高的价格来买，男孩子很认真地回答说，我只有5块钱。

拍卖会又开始了，那个男孩子还是给每辆自行车相同的叫价，每次都是5块，接着，就看到别人用比较高的价格把车买走了。

后来，聚集的观众开始注意到那个总是首先出价的男孩子，也开始好奇，会出现个什么样的结果?

拍卖会进行得很快，就要结束了，此刻只剩下一辆最棒的自行车。车身光亮如新，有10段杆式变速器、双向手刹车，还有速度显示器和一套夜间电动灯光设备。

拍卖员问道：“谁出价？”这时，站在最前面、几乎已经绝望了的那个小男孩轻声地再次说了句：“5块钱。”

拍卖员停止唱价，停下来站在那里。

这时，所有在场的人都看着这个小男孩，没有人出声，没有人举手，更没有人喊价。直到拍卖员唱价3次后，他大声地说：“这辆自行车卖给这个穿着短裤、白球鞋的小男孩。”此语一出，全场雷动般的掌声响起了。

小男孩拿出握在手中的，仅有的5块钱，买了那辆毫无疑问的本次拍卖中最漂亮的自行车时，脸上露出了灿烂和幸福的笑容。

人生小哲理

无疑，小男孩很诚恳、很执著，也非常想拥有一辆自行车，但他只有5块钱，恐怕连个车铃铛都买不下来。在场的所有人都是爱心使者，他们用一颗爱心成全了孩子的心愿。爱护弱小是我们每个成年人的责任。

穷人过日子的方式

他们是一对农民夫妇，原本过着幸福而安静的日子。突然，他们15岁的儿子得了一种恶性皮肤病，这是他们唯一的孩子。

夫妻俩借了所有能借到的钱，领着儿子到处去看病，最后辗转到了北京。

那年冬天，在北京的一家医院里，母亲陪伴着儿子治疗。儿子睡在病床上，母亲就和衣坐在冰凉的地板上，几十个日日夜夜，她没有安静地睡过一个完整觉。母子俩吃的都是从家里带来的咸菜和煎饼，大夫们实在看不过去，午餐的时候总给他们打来两份饭菜，母亲就和往常一样吃着咸菜和煎饼，把另一份留给儿子晚上吃。后来，儿子的病情不断地恶化，医生告诉母亲，孩子的病治不好了，而维持生命需要很多钱。母亲回到病房里，默默地收拾行李，然后平静地对孩子说，咱们回家吧。那天夜里，母子俩在走廊里抱头痛哭了整整一夜，天亮时，他们便坐火车离开了北京。

再后来，孩子的不幸遭遇被一些媒体报道了，好心的人们纷纷给孩子捐款，连学校的孩子也将自己的零花钱一分一分地捐出来，希望能留住他年轻的生命。天不遂人愿，最后孩子还是没熬住。孩子在离开人世之前，把能够知道姓名的好心人的名字一个一个地记在笔记本上，他告诉父母，我不怕死，我知道自己的病拖累了你们，我死之后，一定要把这些钱还给人家。孩子走的时候，脸上带着微笑，就像睡着了一样，安静而淡然。

埋葬了孩子，这对可怜的父母显得苍老了许多。虽然家里已经空荡荡的了，但他们没有忘记孩子的遗愿。夫妻俩变卖了家产，踏着积雪，敲开了那一扇扇门，把钱一笔一笔地还给那些曾经帮助过他们的人，并对那些好心人说，孩子已经走了，多谢你们的帮助。人们拒绝接受，夫妻俩就哭，这是孩子生前唯一的愿望，不能违背啊。大伙只好含泪收下。可是，还有许多钱无法退回去，因为他们捐款的时候根本就没有留下自己的联系方式。

最后夫妻俩就用这笔钱建了一个救助基金，谁家有病有灾了，就可以拿这些钱去治疗。其实，他们也非常需要钱，但他们却把这笔钱拿来帮助更需要帮助的人们。

人生小哲理

爱心是一种潮流，这种潮流会相互传染；爱心更是一种力量，当生活陷入绝境，当人们面临生死，来自外界的爱心使我们有了面对的勇气，犹如文中的孩子，在他离开人世的时候，他是安静淡然的，是在被爱心包围和回报爱心的幸福感里离开的。每个人都会遇到困难，但是当他人绝望的时候，我们应慷慨献出自己的爱心，用我们的行动筑起爱的长城，帮助别人，帮助更多的人。

爱心项链

下雪了，我驱车去石家庄为我资助的学生送棉衣。临别的时候，男孩怯生生地说："阿姨，不知道我将来如何报答你？"我说："不用你报答，只要有一天别人需要你帮助的时候，你能帮助他就行了。"雪花纷飞映着男孩润湿的眼睛。话一出口，我的眼里也满是泪水——十年前，周叔叔也这样对我说过。

十五年前，我从北方的一个小城到天津读书，临毕业的时候我去探望一个老朋友，认识了同病房的周叔叔，他问我："毕业后被分到哪了？"我说："已经考进了一个大公司，但是要交3000块钱跨省费，也许干得不好还得回家。"3000块于那时的我来说，无异于天文数字，那钱相当于我父亲一年多的工资，我不想也不愿意再为家里增加负担。周叔叔说："有机会进好单位就一定不要错过了。"我低头不语，周叔叔说："如果有经济方面的困难，我来帮助你，孩子，如果钱能够改变人的命运，那它就派上用场了。失去了机会，你会后悔一辈子的。"

就这样，我顺利地进了那家外资公司，工作到那年春节的时候，我已经攒了1500元，我带着钱去看周叔叔，顺便告诉他，我先还他一半，余下的钱可能要晚些才能还，因为我要继续上学。

"孩子，我帮你不是要你还我，也不需要你的报答，只希望有一天别人需要帮助时，你能够帮助他。人在他乡，不要为难自己，有什么困难记得告诉我。"

周叔叔平时沉默寡言，除了知道他住在疗养院外，我对他的生活一无所知，后来我被单位安排去外地工作了几年，再回来的时候，已经联系不上周叔叔了。但他给我的温暖，却让我无论身在何地，无论遇到什么困难，都无所畏惧。因为我坚信人间总有爱，窗外依然蓝天。

又过了些年，我在一次招商大会上看到一张名片，集团的名字和周叔叔一样，我好奇地打电话过去，真是周叔叔的公司，原来他已是津城著名的私营企业家。多年未见，周叔叔已经满头白发了，他说我成熟了许多。话未开头，我首先递上 1500 元钱，“周叔叔，这是我欠您的。”

“孩子，你有欠我的钱吗？”

“是的，这一直是我的心病，我欠您的太多了。”

“好吧，既然是你的心意，我就收下吧。”1500 元对于已是千万富翁的周叔叔也许微不足道，却也是我半个月的工资，但我一定要还他，因为诚信无价。

周叔叔告诉我说，他的公司从很小，小到只有两三个人发展到今天的规模，靠的就是诚实和信用。一分钱和一万元的业务同样重要。他说公司发展很快，希望我去帮助他，给我配车配房子工资翻倍，我婉言谢决了，也许我不愿意周叔叔失望，对于美好的情感我希望完美地保留着。

我告诉周叔叔，我资助了一个和我一样来自东北农村的学生，周叔叔很高兴，他说当年他是靠着村里人的一勺米一个鸡蛋的累积才得以完成学业的，这份淳朴的感情让他受益一生。

辞别了周叔叔，外面雪花还在飘着，我的内心却温暖如春天。一件事可以温暖一个人的一生，我真切地感受到了这种温暖，现在我把它送给了另外一个人，我对男孩说，贫穷不可怕，可怕的是没追求。相信知识会改变命运的。

人生小哲理

爱心会传递，细绢小流终会汇聚成洪峰，哪里有困难哪里就有爱的力量。爱心的传递也像是在编织一条美丽的项链，它串起了一个个萍水相逢的人，在漆黑的路上给人以光明，照亮他人的时候，也在无形中将爱心传递，如果人人都献出一点爱，世界将会变成美好的人间。

离文明只差一步

这一天，小风和小李走在放学的路上，突然发现前天才新装的垃圾桶现在已经脏得不成样子了。果皮、废纸、吃剩下的食物、塑料瓶等东西散落在垃圾桶的四周，苍蝇肆意在上面飞来飞去，似乎是受神的旨意来安抚这些已经腐烂的散发着恶臭的垃圾。还不停嗡嗡私语着，似是与垃圾之间的密谋。这些小风和小李自然是听不懂的，但他们却觉得好吵，也好恶心，尤其是那些垃圾，严重干扰了自己的心情。

腐烂物与苍蝇在晴朗偶有微风的天气里倒也算怡然自得。这样的景象于它们来说是值得炫耀的，毕竟旁边站着两个懵懂的孩子，对于这个老龄化日益严重的国家来说已是难能可贵的了。

两个孩子先是愣了一下，然后小风说："前天这儿还干干净净的，今天怎么就变成这个样子了呢？"旁边的小李感叹着说："是啊，就像几年都没人清理过似的。那些丢垃圾的人就没有一点道德吗？"

小风用手撑着脑门，像是有了什么主意。小李弯下腰，强忍着恶臭，把别人乱丢在垃圾桶旁边的垃圾都捡起来，捂着鼻子把那一块块腐烂的果皮和食物全都扔进了垃圾桶里。小风没有来捡，他拿出一片纸，像是在写着什么东西。小李累得满头大汗，看见小风不帮忙，很生气地说："你看我都捡那么多了，你却无动于衷，是不是你也不讲环保啊？"

小风尴尬着说:"别生气啊,看看我写的什么你就知道了。"小李过来一看，纸片上写着:"离文明只差一步。"小李苦笑着说:"希望人们看到这样的标语，就不要再乱扔东西了。"

冬天和春天也愈来没有区别。我们生活在最适合人类居住的星球上，比起那些只能容纳一棵花站立的星球来说，我们自然是有数不胜数的优势。而我们依旧死去，方式众多。选择什么，我们才有可能得到什么。

人生小哲理

这个社会是一个大家庭，需要我们大家每个人去爱护。如果我们每个人都能像小风和小李那样爱护环境，那么，这个社会将会更加和谐。记住，这个世界和社会的创造，离不开我们每一个人。

两个国家的士兵

第二次世界大战的某一个圣诞夜，两个迷了路的美国大兵拖着一个受了伤的战友在风雪中敲响了德国西南边境某座森林中的一栋小木屋的门。小木屋的主人是一个善良的德国女人，她轻轻地拉开了门上的插销，看到这几个和自己国家交战的外国士兵，她没有犹豫，就让她们进来了。家的温暖在一瞬间拥抱了三个又冷又饿的美国大兵，他们一时间感动得想哭。

女主人开始有条不紊地准备着圣诞晚餐，没有丝毫的慌乱与不安，没有丝毫的警惕与敌意。

因为她相信自己的直觉：他们只是战场上的敌人，而不是生活中的坏人。一个正常的军人，是不会把战争从战场上带到生活中来的。

美国大兵们静静地坐在炉边烤火，除了燃烧的木柴偶尔发出一两声脆响外，静得几乎可以听见雪花落地的声音。

正在这时候，门又一次被敲响了。站在满心欢喜的女主人面前的，不是来送礼物和祝福的圣诞老人，而是四个同样疲惫不堪的德国士兵。女主人同样用西方人特有的方式告诉她的同胞，这里有几个特殊的客人。今夜，在这栋弥漫着圣诞气息的小木屋里，要么发生一场屠杀，要么一起享用一顿可口的晚餐。

在女主人的授意下，德国士兵们垂下枪口，鱼贯进入小木屋，并且顺从地把枪放在墙角。

于是，这一年的圣诞烛火见证了或许是二战史上最为奇特的一幕：一名德国士兵慢慢蹲下身去，开始为一名年轻的美国士兵检查腿上的伤口，而后扭过去向自己的上司急速地诉说着什么。

人性中善良的温情的一面决定了他们的感觉是奇妙而美好的，没有人担心对方会把自己变成邀功请赏的俘虏。

第二天，睡梦中醒来的士兵们在同一张地图上指点着，寻找着回到己方阵地的最佳路线，然后握手告别，沿着相反的方向，消失在白茫茫的林海雪原中。

人生小哲理

爱心无关国界和战争，爱心是纯粹的，爱心能体现出一个人的真善美，在最残酷的条件下能找到一种最原始的叫爱的东西，那是一种很伟大的幸福。在生活中多对身边的一些人充满爱心，在他们需要帮助的时候给予帮助，这样的话，这个世界才叫真的充满了爱。

帮 助

这是一个风雪交加的夜晚，推销员克雷斯的汽车坏在了冰天雪地的山区。野地四处无人，克雷斯焦急万分，如果不能离开这里，他就只能活活冻死。这时，一个骑马的中年男子路过此地，他二话没说，就用马将克雷斯的小车拉出了雪地。当克雷斯拿出钱对这个陌生人表示感谢时，中年男子说：“我不要求回报，但我要你给我一个承诺。当别人有困难的时候，你也尽力去帮助他。”

在后来的日子里，克雷斯帮助了许许多多的人，并且将那位中年男子对他的要求同样告诉了他所帮助的每一个人。

6年后，克雷斯被一次骤然发生的洪水围困在一个小岛上，一位少年帮助了他。当他要感谢少年时，少年竟然说出了那句克雷斯永远也忘不了的话：“我不要求回报，但你要给我一个承诺……”克雷斯的心里顿时涌起了一股暖流。

人生小哲理

当别人有困难的时候，你要尽力去帮助他。这是克雷斯得到陌生男子帮助后，中年男子拒绝他感激时说的话。这话也深深影响着克雷斯，他每次帮助他人的时候，都会把这句话传达给另一个人。多年后，这句话再次传到他耳边，这不仅让克雷斯心里涌起暖流，也让我们为之感动。你的一点点爱心，不仅能够帮助到别人，还能影响别人，感动你我。

爱是纯洁的，爱的内容里，不能有一点渣滓；爱是至善至诚的，爱的范围里，不能有丝毫私欲。爱能融化冰雪，爱能打开心扉，爱能使人温暖。只要我们用爱心去关爱他们，爱会给予我们欢乐与力量。

第八章 请收回目光

对一杯温开水表示感激

他是个下水道工人。所以走到哪儿，身上都是一股下水道的味道，所到之处，总是让人避而远之。所以，他一般不会去热闹的场所，繁华和优雅不过是城市的外衣，和他一点关系没有。他住在工棚，饿了就蹲在墙角啃冷馒头吃。

有一天下雨，下得不大，但深秋的那种逐渐转凉的天气下雨，就徒增了些寒意。他当时已经修好了一家酒楼的下水道，雨下着下着就开始大起来，回不去了，只能倚在酒楼的屋檐下躲雨，顺便掏出准备好的干粮冷馒头来啃。

冷！啃着馒头，转过脸去，就隔着酒楼的玻璃看见了里面蒸腾的热气和温暖：一些人悠闲地吃着饭，他开始遐想着，要是此刻有杯热茶喝该多好？呵呵！他在心里笑着对自己摇摇头，我怎么可以有这样的奢望呢！他看看天，就等雨歇着，就可以回工棚去。

酒楼的门忽然开了，从里面走出一位服务员，服务员径直走到他跟前，彬彬有礼地对他说："先生，您请进。"他愣住了，结巴着说："我，我，我不是来吃饭的，我，只是躲会儿雨。"服务员微笑道："进来吧，外面雨大。"他没法拒绝那样的热情和微笑，就跟了进去。进去时，他暗地里想，想宰我？没门！我除了身上破旧的衣服，其他啥都没有。

他被引到一张椅子上坐定，脑袋里还没来得及想什么呢，另一个服务员就端一杯温开水来了："先生，请喝水。"同样的彬彬有礼。他不知道她们葫芦里卖的什么药，只想着，既来之，则安之吧。然后，毫不客气地端起茶杯，把一杯水喝得干干净净，顺便掏出另一个冷馒头，自个儿啃起来。服务员又帮他续上了温开水，他就接着喝，喝得全身都暖暖的，额头上甚至还渗出了细密的汗，很是舒坦。

雨停了，他以为那些服务员会来收钱，但是等了好一会儿，还是没一个人来问他。他忍不住去问了那个刚才领他进门的服务员："白开水不收钱吗？"服务员微笑道："先生，我们这里的白开水是免费的。"

就这样，这杯白开水的温暖就一直烙在了他的记忆里。每次谈起广州人，他的眼里就会亮起一片感激的雾来。他后来从广州回到家乡发展，也开了一家酒楼，在自己的酒楼里，他定下一个规定：凡是雨天在酒楼屋檐下躲雨的人，都要请进店里来坐坐，并且要给人家倒上一杯温开水。

酒楼的名声因此而打响，那是他完全没想到的。所有人提起他都会说："那个人好啊，只要是下雨天，无论大人小孩，不管城里人还是乡下人，在他酒楼前躲雨，他都会请进屋里坐的，还提供免费的热茶喝。"

人生小哲理

仅仅一杯温开水，就温暖了一个人一生的记忆，甚至产生连锁反应，让更多的人喝到那杯充满温暖和关爱的水。世界的美好，因此而摇曳在一杯温开水之中了。

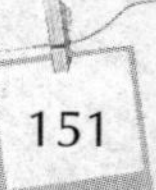

奉献

琳达是一个杰出的老师，但在她看来，当老师并不是她最喜欢的事，如果自己有时间的话，她可以创造伟大的艺术和诗篇。28岁那年，她开始出现了严重的头痛症状，医生发现她的脑袋里有个巨大的肿瘤。如果开刀的话，手术后存活的几率只有2%。所以，她和医生最终决定等待六个月再说。

她知道自己有相当的艺术天赋，所以在这六个月时间里，她狂热地画画、狂热地写作。除了其中一篇外，其他所有的诗作都在杂志上刊登了出来。她的画作也都被放在一流的艺廊中展售——除了某一幅以外。

在六个月结束的时候，她决定动手术。手术前一夜，她决定完全捐献自己，然后签了"我愿意"的声明，如果死了，就要捐出身体的每一个部分给比她更需要它们的人。

很不幸的是，手术夺走了琳达的生命。然后，根据她的遗愿，眼角膜被送到马里兰州贝瑟丝达的眼角膜银行，并被赠给南加州的一个领受者——一个年轻人，28岁，从黑暗中见到了光明。这个重见了光明的年轻人写信到眼角膜银行致谢，虽然这是已经捐出的第3万个眼角膜，但这却是这个眼角膜银行收到的第二封"感谢信"。

进一步，他说他要感谢捐献者的父母。孩子愿意捐出眼角膜，他们也一定是好人。有人把琳达父母家的住址告诉了他，他决定飞到史代登岛去看他们。他去的时候，并没有预先通知，按了门铃，自我介绍以后，琳达的母亲柏提希太太过来拥抱他。她说："年轻人，如果你没什么地方要去，我丈夫和我会很高兴与你共度周末。"

他决定留下来。当他环视琳达的房间时，他看见她读过的柏拉图的著作——他也曾用盲人点字法读过柏拉图的著作。她读过黑格尔的著作——他也曾用盲人点字法读过。

第二天早上，柏提希太太看着他说："你知道吗？我很确定我曾在哪儿见过你，但就是不知道在哪里。"突然她想起来，她跑上楼，拿出琳达最后画的那幅画，她的理想男人画像。

画中人和和接受琳达眼角膜的男人十分相像。

然后，柏提希太太念了琳达在临终的床上写的最后一首诗：

两颗心在黑暗中行过，
坠入爱河，
永远无法获得彼此的目光眷顾。

人生小哲理

生命对于每个人都只有一次，我们无法延长生命的长度，但是我们可以增加生命的深度和拓宽生命的宽度。从这个意义上来说，琳达将她有限的生命拓宽到了极致，患有癌症，在离世前她将自己的身体器官捐献给需要的人，这种精神是无私而伟大的。

蚂蚁和鸽子的故事

一只蚂蚁口渴了，便来到泉边喝水。突然一阵风吹过，把正埋头喝水的蚂蚁一下抛入水中。有只鸽子正在泉边的大树上休息，发现蚂蚁危在旦夕，急忙摘下一片树叶，抛向水中的蚂蚁。蚂蚁费尽力气爬上树叶，平安地上了岸。它对鸽子的救命之恩万分感激，却不知如何报答。

这时，路边走来一个捕鸟人，他看见了树上的鸽子，立刻撒开捕鸟网。他正在得意地以为万无一失时，蚂蚁觉察到了，爬上去朝他的手狠狠地咬了一口。捕鸟人痛得松开了手，他手里的网张开了，鸽子连忙从罗网中逃脱，飞向了天空。

人生小哲理

有时我们的举手之劳，便能帮助他人走出困境。如果你乐于帮助他人，有一颗善良的心，就会在自己遇到困难时，获得他人的倾力相助，因为你以前也帮助过别人。

万寿菊

那个下午的天，灰蒙蒙的，没有风，乌云也压得很低，像是要下雨了。

布朗先生情绪很是低落，这么糟糕的天气就算了，还要出差，最恨这种天气出差。由于生计关系，他要转车到休斯顿。离开车的时间大概还有四个小时，他闲着没事就在广场上散漫地晃荡，打发时间。

“太太，行行好。”一个声音吸引了他的注意。循声望去，只看到前面不远的地方一个衣衫褴褛的小男孩伸出小小的黑手，尾随着一位贵妇人。只看到那贵妇人牵着一条毛色纯正得发亮的小狗，急冲冲地赶路呢，生怕小黑手弄脏了自己的衣服。

“您就可怜可怜我吧，哪怕给一美元也行。”

估计是感觉到到甩不掉这个小乞丐，妇女转回身，愤怒地呵斥一声：“滚！这么大点的小屁孩就会做生意了！”小乞丐停住脚，满脸失望。

“这年头，为了钱真是干啥的都有，”布朗先生想，“听说专门有一类人是靠乞讨为生，有的发大财了呢。还有些大人专门指使孩子去乞讨，利用人们的同情心，然后这些大人自己就站在附近观察着，指不定这些人就是孩子的父母……如果孩子完不成任务，回去就要挨打。不管咋说，孩子也怪可怜的，这个年龄本来该上学，在课堂里学习。这个孩子和我儿子差不多大，可怜的是……孩子的父母也太狠心了，无论如何都应该送他去上学啊。”

布朗先生正思忖着，小乞丐走到了他面前，摊着小脏手说道：“先生，可怜可怜我吧，给一美元也行。”不管这个乞丐是受生活所迫，还是他就是行骗的，布朗先生感到心中一阵难过，他掏出一枚一美元的硬币，递到孩子手里。

“谢谢您，祝您好运！”小男孩的全身上下只有牙齿和眼球是白的，估计他自己都忘记上次洗澡的时间了。

树上蝉在烦人地吵闹，空气又闷又热，像庞大的蒸笼。布朗先生不愿意过早去候车室待着发呆，就信步走进一家鲜花店。他在这里买过几次鲜花送朋友。

“你要点什么？”卖花小姐训练有素，礼貌又有分寸。

就在这时，从外面又走进一个人，布朗先生瞥见那人正是刚才的小乞丐。小乞丐很认真地逐个端详柜台里的鲜花。

“你要看点什么？”小姐这么问，因为她从来没有想过小乞丐会买花。

“一束万寿菊。”小乞丐竟然开口了。

“要我们送给什么人吗？”

“不用，你可以在上面写着‘献给我最亲爱的人’，然后在下面再写上‘祝妈妈生日快乐！’”

“一共20美元。”小姐一边写，一边说。

小乞丐从破衣服口袋里摸出来一大把硬币倒在柜台上，每一枚硬币都已经被磨得亮晶晶的了，那里面或许就有布朗先生刚才给他的那枚。他数出20美元，然后虔诚地接过下面有纸牌的花，转身离去。

火车终于驶出站台，布朗先生望着窗外，终于下雨了，路上没有行人，只剩下各式车辆。突然，布朗先生在风雨中看到了那个熟悉小男孩。只见他手捧鲜花，一步一步缓缓地前行，瘦小的身体更显单薄。布朗先生看到的前方是一片公墓，他手中的万寿菊迎着风雨怒放着。

火车撞击铁轨越来越快，布朗先生的胸膛中感到一次又一次的强烈冲击。他的眼睛模糊了……

人生小哲理

的确，这是一个功利性很强的社会，很多人都打着各种各样的旗号来骗取大家的同情心和爱心，渐渐地，很多人都开始把自己的爱心隐藏起来了，甚至掩埋得很深很深。但是，要相信，这个世界上并不是所有的人都是那样的，我们不要去管人家怎么想怎么做。我们都是独立的人，我们要做的事是忠于自己内心的事。所以，不要掩埋自己的爱心了，大胆地去施舍那些需要我们帮助的人吧。

请收回目光

我每天都能看到那个老太太在小区楼下散步，固定的时间，固定的路线。

那天，我看到她在我面前慢慢地走，她站在垃圾桶旁看了看，然后找了个棍子，好仔细地在垃圾桶里翻个什么东西。

她可能是在垃圾桶里发现了什么有用的东西吧？

我和老太太偶尔会在楼道里相遇，偶尔会在小区看到她，每次碰上就聊上几句，所以我们也还算得上熟悉。她此刻在翻个啥呢？我看到老太太的儿女们每个周末都会来看她，她的日子应该过得还不错，不至于靠捡垃圾来生存。

我也是凡人，所以对这事还真是好奇了起来，而且，只是单纯的好奇，没有啥恶意。所以，此刻我就只是走过去，装作不经意的样子，再顺便看一眼她到底在翻找啥东西。最后我还是没忍住，从她身边走过，目不斜视，然后尽量不要让她发现我在看她。

我的好奇心，甚至偷窥心理，本身是没啥错误的。但是我不想她难堪，毕竟她是一位看起来很体面的老太太，站在垃圾桶边翻东西，并不是啥太光彩的事，更何况，她肯定不希望别人看见。

在生活中，我曾见过太多好奇的目光，前几天在街上就看到一对母女，女儿手里拿着个梨子，但是很显然，那是别人扔掉的，她正在用衣袖擦去上面的污水。母亲用身体挡着她，尽量不要引起路人的关注。但很多路人还是停下来了，用好奇的目光将她们包围，小女孩儿啃着梨子，目光怯怯地，母亲的眼睛里也盈满泪水。母亲的泪水不是因为生活多难，而是因为路人那带着有色眼镜的目光。尽管那些目光可能并没有恶意，却让那位母亲深感羞愧和不安了。那不只是难堪，而是对自尊心最为残忍的伤害和侵略。

人生小哲理

我们的老一辈节俭惯了，如今生活好了，但是勤俭节约的习惯依然没变，他们就是看不了一丁点的浪费，如果遇到这样的老人，请给予他们同样的尊重。对生活陷入困境的人们，你可以假装没看见，但是，请别用有色眼镜看待他们。即使我们不能帮助他们，我们至少可以收回自己的目光，从旁边淡漠地走开。

为什么要等着上天堂

我和杰乘坐飞机回夏威夷，坐在第一排靠过道的位置上，发现一对新婚夫妇正在找位置。他们正准备度蜜月去，很是缠绵，并为即将开始的蜜月旅行十分兴奋。当他们发现自己的座位是前后排分开的时候，表情就像是一个几岁的孩子把冰激凌掉在地上的时候一样沮丧。

年轻丈夫旁边的乘客是一位老太太，她似乎意识到了新婚夫妇的烦恼，于是主动提出要和新娘交换位置。新娘欣喜极了，很快就换过去和丈夫坐在一起。我看到这一切，称赞说："用您靠边的位置交换中间的位置，真是太慷慨了。"

老太太微笑说："我也曾经度过蜜月，我知道他们的感受。再说，去夏威夷我期待了好久，就算飞机上没座位了，把我装货舱里我也没怨言。"

老太太的回答让我有些不解，我和杰对座位都很挑剔，因为我俩胖胖的，所以选座位的时候会尽量选择宽敞点的位置。而这位老太太却不一样，她似乎很高兴能坐飞机，而不管坐什么座位，她如此快乐，只因为给那对夫妇创造了一小小的惊喜。她的随和与我的挑剔相比，让我很是羞愧。她似乎在提醒我，幸福和环境真的没太大关系，重要的是心态。

一个很有名气的咨询顾问说过这样一句话，和一群癌症幸存者交谈后，我才领悟到，手表发出的声音不再是"滴答，滴答，滴答"，而是"宝贵，宝贵，宝贵。"

我也曾有一次改变自己人生的经历，在东欧一个私人非盈利组织的动物收容所里，收容所的负责人斯沃和他的妻子一起，照顾着600多只受伤的和被遗弃的动物。斯沃夫妇和工人们每天从早到晚的所有工作，就是不知疲倦

地给动物喂食和喂药。

一个女记者采访了这个收容所，结束后，女记者对斯沃说：“我想，当你离开人间的时候，你升入天堂的机会将会很大。”

斯沃笑笑，说：“我不需要离开人间升入天堂，因为我已经在天堂了。”

并不是所有人都认为，整日整夜地照顾那些受伤的和被遗弃的动物是他们的天堂，然而斯沃告诉我们，天堂和我们所处的环境没有太大关系，只要找到了让自己心情愉悦、唱歌的生活，那么天堂离我们就不远了。为什么要等着上天堂呢，就算在人间，也可以获得天堂的幸福。

就像我们在飞机上遇到的老太太一样，她坐在狭窄的中间座位的时候，她的脸上露出灿烂而幸福的笑容。也许，这位老太太是上帝为我派来的老师吧——太多时候，最好的老师都会以我们最意想不到的形式出现在我们面前。

所以，飞机着陆的时候，我们每个人都好开心：新婚夫妇如愿坐到了一起，老太太到达了期待已久的夏威夷，而我，则是收获了最好的心灵课程。

人生小哲理

死后上天堂是基督教所崇尚的，极乐世界是佛家追求的，大抵都说今生的灾难就是为了死后能够享福，做好事就是为以后积德，做的好事越多，就越接近天堂。但是人的生命有且只有一次，所以应该珍惜生命。其实，生活中的每一次爱心的付出，都能收获很大快乐，正像斯沃说的一样：我不需要离开人间升入天堂，因为我已经在天堂了。

小狮子艾比尔的故事

小狮子艾比尔出生才两三天，它的妈妈就死了。我从岩石缝里把它抱出来，抚摸它，喂它奶粉和用鱼肝油、葡萄糖配成的饮料。不久，它那蒙着蓝薄膜的小眼睛睁开了，那水汪汪的眼珠滴溜溜地转。五个月以后，它长大了，很强壮。它一刻也不离开我，晚上也跟我一起睡。半夜里它常常用粗糙的舌头舔我的脸，把我舔醒。

夏天来了，艾比尔特别爱到河里洗澡，一洗就是几个钟头，洗够了就到茂密的芦苇丛中去休息。它看见我蹲在河边，故意扑腾起浪花，还用前爪轻轻地把我扑倒在地上，十分高兴和我开玩笑。

有一天傍晚，来了一头犀牛。犀牛的脾气很暴躁，不管是什么，甚至是火车头，它也敢撞。那头犀牛向我扑过来。我没带枪，四周也没有可以隐蔽的地方，心里想这下子可完了。我大声呼喊，艾比尔从远处跑来，勇敢地和犀牛搏斗。犀牛敌不过它，掉头跑了，艾比尔一口气把它赶出很远很远。

艾比尔开始换牙的时候，像孩子一样张开嘴给我看。我轻轻地摇动它快要脱落的乳牙。它闭着眼睛，一动也不动。我有时候靠在艾比尔身上看书或者画画，它吮吸着我的大拇指，不一会儿就安静地进入梦乡。

我们到卢布朗湖去，路程有370公里，大部分靠步行。一路上，艾比尔像小狗一样蹦来跳去，一会追赶野兔，一会儿给我们叼来打死的羚羊。我们用几头驴子驮行李。最初，艾比尔还能跟它们和睦相处，可是有一天半夜里，艾比尔忽然闯进驴群里。驴子吓得四散奔逃，有一头被艾比尔抓伤了。这时候我才想起，兽类在夜里容易发兽性。我用鞭子着实教训了它一顿。艾比尔耷拉着脑袋，一声不响，垂头丧气地蹲在地上，好像求我宽恕。看着它那可

怜的样子，我的震怒抛到了九霄云外。我抚摸着它的头，安慰它，告诉它下次可别这样了。它好像听懂了我的话，撒娇似的吮着大拇指，用头蹭着我的膝盖，鼻子里发出轻轻的哼声。

艾比尔快两岁时，我想把它送到动物园去，后来又想，应该送它回到大自然中去，替它选择一个好的环境，让它自己去生活。由人扶养的动物回归大自然是不容易生存的，因为它带着人的气味。不过，这也是一种科学实验，我决心训练它回到大自然中去，并且让它在那儿过幸福的生活。

我首先教它学会自己捕获食物。我把打得半死的羚羊抛到它跟前，让它去咬死剖开，慢慢地，它会自己捕获一些猎物了。过了些日子，我把它悄悄地放进狮子生活资源丰富的地区，并且悄悄地离开它。有好几次，它都饿着肚子回来了。我又高兴又难过地接待了它，就像我嫁出去的女儿遇到不幸回到家里来一样。过了几天，我又把它送回大自然。它走后，我又十分想念它，特别是有暴风雪的夜晚，我整夜想着它，不知它怎么样了。

有一次，它回来了，发着高烧。我一步也不离开它，它总是用两只爪子轻轻地抱着我的脖子入睡。我给它验血、吃药，和它睡在一起。我自己也忘记了我是个人，艾比尔是只狮子了。它渐渐恢复了健康，可是我舍不得离开它。但又一想，它总是要回到兽类中去的，我才决心离开它。

艾比尔和我一起生活了3年。最后分别的时候，我感到莫大的痛苦。我搂住它的脖子，吻着它；它好像也觉察到什么似的，用它那光滑的身子一个劲蹭我。之后，它恋恋不舍地向森林走去，一次又一次回过头来看我，直到我们互相看不见为止。

就这样，我把艾比尔送回了大自然。

人生小哲理

我们所说的爱心，应该有两种：一种是关心他人，帮助他人的小爱；一种是关爱生命，尊重并且珍惜生命，这是大爱。我们的爱心，不应该局限于身边的人，也要关注小生命，关爱生命，学会与动物、自然和谐相处。

一只流浪猫

那是一直小流浪猫。流浪猫蹲在我家的小猫咪咪旁边，静静地看它吃东西，等咪咪吃完了，才上前去，慢慢吃那些剩下的食物，小心翼翼地，一边防备着身后的动静，又防备着食物里的硬物，反正就是小心翼翼，好像是难以下咽似的。

这只充满着各种戒备的流浪猫引起了父母的注意，猫难养，父母很早就知道。以前养过许多只猫，最后都跑了。父母一直善待着每一只有缘来我家的猫，也给了它们离开的自由。猫自由地来去，穿梭于房顶和围墙之间，而且它的野性十足，再温暖舒适的家也无法消除它奔向自由的想法。

"它肯定是饿了，没找到吃的。"母亲说，"除此之外，好像没别的理由能让一只成年的公猫放弃自由，跑到人家屋檐下来。"

尽管如此，它却似乎一点也不着急，不着急吃东西。它小心翼翼地蹲在我家的咪咪旁边，咪咪舔着爪子心满意足地离开后，它才去舔刚才咪咪没有舔干净的带着鱼腥味的盆。又或者它是为了爱情来的？它就蹲在屋檐下，呜呜自语，不奔跑，不跳跃，眼睛恍惚地盯着那些奔跑在院子里、花园里的猫不放，目光中藏着深沉。它不过是只四肢粗大、毛色鲜亮的公猫，却为何表现得比诗人还哀怨？

"看它的脖子！"母亲突然看到了什么，就指着它的脖子给我们看——它的脖子处毛发稀疏，甚至还隐约可以看见溃烂的皮肉。

母亲轻轻走近了去看，它却比母亲还要小心，一下子就逃得很远，然后蹲下，却并不离开，似乎忍着疼痛地对母亲表达着：别靠近我。

那天，母亲和父亲商量着如何用一只蛇皮口袋套住它。很显然，它跑得

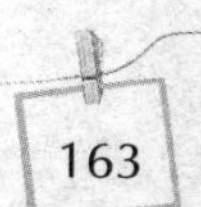

越来越疲惫，在它的尖叫声中，母亲把它的脖子挪到了蛇皮口袋上，她事先挖好的缺口处。正如母亲想的那样，它的脖子真的出问题了。不知道是谁在它的脖子上系了一根细线，柔韧的细线随着它的生长将它的脖子勒得紧紧的，让它不能动弹。它每扭一下脖子，细线都会磨破一层脖子上的皮，破了溃烂了又长出新的来，新皮继续破，然后溃烂。细线就若隐若现地存在于它的肌肉中。

它在蛇皮口袋里挣扎嘶叫，它害怕同样的命运再次折磨着自己。

看着溃烂的脖子，母亲心里很疼。母亲让父亲把事先准备好的小剪刀放在火上烤——反正都是痛，大痛一次反倒还能解决问题。滚烫的剪刀就这样刺入了它的身体，挑破了化脓的皮肤，母亲有些“残忍”地将那个肮脏的细线从它的脖子中用力抽出来的时候，它的尖叫声如同临死时的哀嚎，震撼了花园中的所有生命。

父亲在放开手的那一刹那，它来不及像其它动物一样用爪子报复“敌人”，就带着尖利的喊叫闪电般快速消失在花园尽头……

一周后，它就回来了，脖子上的伤并没有完全恢复。它慢慢地走到父母面前，犹豫地、羞涩地用脑袋蹭他们的裤管，头则自由地仰俯，“喵呜……喵呜……”它一遍遍轻声地叫着。

母亲扔给它一块鱼，它追过去，叼起鱼放在盆里，不吃，就在边上守着。它看着母亲，母亲也看着它。一边自言自语：“它终于自由了！每一只自由的猫都有自由的灵魂，它们的身体随着灵魂的漂泊而游走。”

只是它并没有离开，它后来一直待在花园里晒太阳，就那样安静地蹲着，偶尔也守在鱼盆边，看着我家的咪咪蹦跳着吃东西，然后，等咪咪吃完了剩下的东西，它就去把盆子舔个干干净净。再后来，它们竟然成了一家，还生了一窝小小猫。流浪猫从此停止了流浪，算是在我家安家了。它比以前任何一只从小养大的猫停留的时间都还要长。因为生计原因，母亲将小店转让给了别人，我们无法把它们带走。小店后面一花园的猫在一个安静的午后和我们做了最后的告别。它们从此属于别人了，也或者，他们将最终归属大自然。

几个月后的一个傍晚，母亲重返故地，去花园看看它们是否还在。小猫们已经不见了，不知是出去玩了，还是已经有了自己的一片天地。没人的屋檐下，那个鱼盆还在，只是空空的鱼盆显示了它们食物的匮乏。流浪猫也还在，躺在阳光下，偶尔用舌头舔舔自己和它那娇小妻子的身体。

大概是闻到母亲的气味了，它们很快就清醒了过来。流浪猫顾不得它的妻子了，独自迅速就跳起来，仿佛它一直不离开这里就是为了等待着有一天母亲会再来。它一下子就窜到母亲面前，毫不犹豫地蹭母亲的裤管，喉咙里发出“喵呜”的声音，然后抬头长时间盯着母亲，眼里竟然含着泪水……

人生小哲理

动物也有灵性，只要人们寄予它们多一点的关爱，它们就会牢记人们的气味，不管时隔多久，它们都愿意亲近你。动物是人类的好朋友，我们应该善待它们，不应该以虐待动物为乐。人们常说，喜欢小动物的人，都是有爱心的人，连动物都能关爱有加，更何况是人呢？不管怎么说，爱心涵盖了所有的生命。

用爱心把你送回家

65 岁的她刚从单位退下来。

她看着他拖着从膝盖处断了的腿，裹着厚厚的纱布，还渗着血，在宽阔的柏油马路上一点点艰难地爬，身边还拽着个密码箱。

她感觉到心里有一丝隐隐的痛，说不清，道不明。她忍不住走了过去，一把接过他手中沉重的箱子。各种目光，从四处投来。

有好心人悄悄在她耳边说，当心他是骗子，小心上当！她也管不了那么多了，她只知道此刻眼前的这个人需要她。走得久了，那些目光更显出不理解，善意的却几乎没有。她明白，他们心中都在暗想，他们是一伙的吧？她管不了这些，继续跟着他走。一边走一边和他聊天，不再管别人怪异的目光。

她知道了他的大概故事，他跟着司机从外地来这边出差，半路上遭遇了车祸，司机没了，自己也少了半条腿，一个胳膊。肇事司机把他们送到医院就跑了，而他也因为一时凑不齐医疗费被医院赶出来了。

举目无亲的他，身无分文，就那样艰难地往家的方向爬，她也曾怀疑过他是否和别人一样，只为了赚钱而博取别人的同情和施舍。但她发现，他并不接受别人的馈赠，只是一路地爬！她突然感受到了他内心的悲凉，甚至感受到了因为他心里的悲凉而身处的寒意。

四周的冷眼旁观，冰冷和疑惑的目光足以淹没他本来就脆弱的内心，也许他并不需要别人的同情——虽然根本就没什么同情的目光。此刻是盛夏，而他的世界却被寒冬覆盖着。

她知道他需要回家的路费，虽然他从未说起。可她身上只有 20 块钱，这哪够！得帮他筹钱，她想着。

她迎面走向那些一直围观着的人们，向他们大声说他的情况，希望得到他们的帮助，只需要每人10块钱就够了。此刻的她都不知道自己哪来的这些勇气。

很显然，还是有许多人不信，定定地看着，像在欣赏一场好戏。

她不管，继续着她的演讲。她说一个人出门在外，谁都会有求人的时候，谁都会有需要别人帮助的时候，当我们自己遇到这样的情况时，没人管，没人问，我们自己内心是什么滋味呢？……终于开始有些人蠢蠢欲动，小心而谨慎地从兜里掏出钱来，大都是妇女、小孩儿或者老人。凑了半天，还不到200元，接下来，便再没人从兜里拿钱出来了。听说他想去火车站时，她才知道他简直已经南辕北辙了。

他喊了三轮车送他去火车站，他不肯上车，后来大家告诉他，走错方向了，他才半信半疑地上了车。她把钱塞给他，他也是坚决不要，从车里丢给了她，说是谢谢她的好意。她再一次硬塞给他，并把它们放到了他拿不到的行李箱中，这才罢休。

她没有去送他，不是不想，而是她突然感觉到自己好渺小，渺小到一点点微不足道的小事都让她感到吃力。她很想亲自送他回家，至少把他送上火车，但她做不到。她突然觉得自己是多么的无能为力……

静静地看着载着他远去的三轮车，她只能默默地为他祈祷：希望会有许多人在你回家的路上遇到你，他们能用他们的爱心送你回家……

人生小哲理

很多人都觉得自己不是没有爱心，而是在很多时候，某些人的隐瞒、欺诈，为了某种目的骗取了我们的同情心，我们爱心被利用了，于是我们觉得委屈，我们的爱心本是要帮助需要帮助的人，但却便宜了一些人，于是，我们把我们的爱心小心翼翼收起来，遇到需要帮助的时候，首先质疑一番，再权衡是否出手。爱心，本来就是不带任何附加条件的，很多时候也没有什么回报，但我们不能因此就把心门关起，变得冷漠起来。

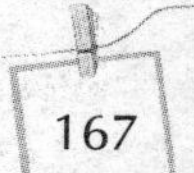

不让儿子进家门的母亲

子发是战国时期楚国的一位大将军。一次，他带兵与秦国作战，前线断了粮草，派人向楚王告急。使者顺便去看望子发的老母亲。老人问使者："兵士都好吗？"使者回答:"还有点豆子，只能一粒一粒分着吃。""你们将军呢？"使者回答说："将军每餐都能吃到肉和米饭，身体很好。"

子发得胜回来，母亲紧闭大门不让他进门，并派人去告诉子发："你让士兵饿着肚子打仗，自己却有吃有喝，这样做将军，打了胜仗也不是你的功劳。"母亲又说:"越王勾践伐吴时，有人献给他一灌酒，越王让人把酒倒在江的上游，叫士兵们一起饮下游的水。虽然大家没有尝到酒味，却鼓舞了全军士兵的士气，提高了战斗力。现在你却只顾自己不顾士兵，你不是我的儿子，你不要进我的门。"

子发听了母亲的批评，向母亲认了错，决心改正，才得进家门。

人生小哲理

每个人都应该有一个博爱之心，要是没有，就很难学会去施舍他人，更别提帮助他人了。因此，在平常的生活中，我们一定要拥有一颗仁爱之心，学着去帮助那些需要我们帮助的人。

美丽的谎言

我有一位朋友，叫杰克，是一家销售公司的推销员，因为工作原因，杰克经常外出推销公司的产品。这天，我突然想起我已经好久没有和杰克见面了，挺想念他的，就想去他家里坐一会儿，聊聊最近的情况。但是，不巧，杰克因为公事，被公司排到拉斯维加斯出差去了，已经走了5天了。杰克的母亲告诉我，再过8天杰克才能回来，要是回来了，她就会叫朋友或者邻居给我捎个口信。

不料，又过了5天，邻居捎来信，说杰克已经回来。我匆匆赶到杰克家。一阵寒暄过后，我笑着问道："杰克，你妈妈说你要等8天之后才会回来，怎么提前3天就回来了？"

杰克笑了起来，说："你不知道，我妈妈上了年纪，她一生就我这么一个儿子.我每次出门，她就茶不思饭不想，甚至半夜里起来，到路口去接我——为了使老人安心过日子，我每次外出，估计能10天办完的事，我就给她说13天回来，这样能留些余地。提前回来，自然会给老人一个惊喜。"

人生小哲理

父母养育了我们，当他们老了的时候，其实最希望的除了我们的生活和事业变得更好之外，还需要我们陪陪他们。这是我们作为儿女义不容辞的责任。我们的父母都在渐渐变老，我们都应该多多陪伴他们。

没有芯的蜡烛

这里是一家专门生产蜡烛的工厂，工厂的任务就是为这个世界生产出一批批一根根的蜡烛，帮助那些需要照明的人。

又一堆蜡烛从生产车间里出来了，但是这一批蜡烛和往日的不同，在这这些众多的蜡烛中间，其中有一支蜡烛的个头非常大，在整箱整箱装运的蜡烛里显得特别突出和独一无二，甚至鹤立鸡群，好像这些蜡烛里面，就它是唯一一个稀有品种似的。

有很多正在忙碌装运蜡烛的工人，其中有一位细心的工人发现了这一根特别的蜡烛。这位工人捡起了这个头大的蜡烛说："瞧，这只蜡烛多么大啊！它发出的光一定是最亮的，远比那些普通的蜡烛亮。谁要是买走了它，谁就交了好运了。"

听完这句话后，大蜡烛非常得意，它觉得自己真的很了不起，好像自己真的将是最亮的一个，将给人带来最大的光明，并会受到主人最好的礼遇及喜爱，那将是一件多么荣耀的事啊！想到这，它变得更加神气了。

事情果然如那位工人说的那样，在商店的柜台里，大蜡烛非常受顾客欢迎，很多进来挑选蜡烛的顾客，一眼就看中了它。因此，大蜡烛很自然地就成为了第一个被买走的蜡烛。

同伴们见它那么受欢迎，都非常羡慕，都希望自己能和它一样。但是，怎么可能呢？它正是因为个头大，才会那么受欢迎，可是它们都太小了。但是，只有一支小蜡烛不羡慕它，因为它知道这个蜡烛的实情。这个小蜡烛说："不，它是一支没有芯的蜡烛，中看不中用，它根本就点不亮，更不可能照耀那些需要光明的人。"

果然，小蜡烛说得一点都没有错。第二天，那位买走大蜡烛的顾客就拿着那支大蜡烛怒气冲冲地闯了进来，他把它扔在柜台里，说："不能点的无芯蜡烛，它不管有多大也照样不能照亮别人。"

人生小哲理

决定一个人的为人处事的并不是他所说的话或者他有多么光鲜，而是他所做的事情。如果一个人只是在嘴皮子上说要去帮别人，照亮别人，但是他的内心却没有一颗真正想去帮别人的爱心，那他就是一个废物，更不要说他的人生价值。就像文中的这一支没有烛芯的蜡烛，就算再美，不能点，也是一种没有价值的东西。

丁丁老师

车祸之后，丁丁的腰就慢慢弯下来了。

同学们就取笑他罗锅。丁丁扶着腰，眼泪止不住往下滴。边哭还边跑回家对着老娘哭，老娘一脸的悲伤，却又很坚定地说："孩子不哭，罗锅怕什么，腰罗锅了没事，重要的是做人没罗锅就行。"

丁丁不懂，腰已经罗锅了，做人怎么能不罗锅呢？

娘就板起脸："你一岁就没了爹，现在已经十岁了，你说，这些年谁欺负过咱们？"

丁丁想想，从小到大这些年，还真没人欺负过他们孤儿寡母的。

丁丁觉得自己明白了，但又不是太明白。

同学们肯定依旧笑他。面对这些各种各样的笑，丁丁也不理会，一个人默默走开。

小学，初中，还有师范。丁丁都挺着弯弯的腰一路走过来。毕业后，丁丁被分到了最偏远的山村小学。

村里的希望小学就在山腰上。村子和学校间有条河，下雨时河就是大河，不下雨时就是小河。河上横跨着一座不知道哪年哪月修的桥，长满了青苔。

丁丁老师去找到村主任说，这桥该修了，好些木头都朽了。村主任挠头，说得容易，哪来的木头呢，山上的树都被砍光了，村里又没钱买木头。说完，还对着丁丁老师的背影骂了句矬人事多。丁丁老师又找上级，说桥该修了，好多木头都朽了。领导只是笑，修桥是村里的事，你好好教你的书就行了。

学校穷，环境待遇都差，所以丁丁老师一个人从一年级教到五年级。山里的孩子上学晚，丁丁老师挺着腰也没那个最调皮的学生个子高。调皮学生把黑板擦放在黑板上方，说：“老师，如果你什么都不踩就取下来，我就服了你。”

丁丁老师伸手一拍黑板，黑板一震，黑板刷就应声落下来。丁丁老师顺手就接住了，说：“有时候智慧比身高重要。”调皮学生吐吐舌头，就不敢再说啥了。

夏天雨水多，一场暴雨后，温柔的河急促起来。放学了，丁丁不让学生走，自己先去试试木桥稳不稳，但调皮的学生已经抢在前面上了桥。桥下的木桩突然晃动起来，桥也跟着晃。调皮学生吓呆了，丁丁老师却没呆，他想也没想，跳下河，几下就蹿到了那几根摇动的木桩下。

湍急的河水很快漫过丁丁老师的胸口，还夹杂着沙石打击丁丁老师那弯弯的腰。虽然很难受，但丁丁老师始终没有放弃，他紧紧地抱住那木桩，箭头抵着晃荡的桥面，腰在瞬间挺得笔直，甚至比那木桩都挺直有力。木桩不动了，桥也不晃了。吓呆了的调皮学生在丁丁老师的叫喊下走了过去，丁丁老师的手却松了，人也顺着水被冲了下去。

乡亲们在下游找到了丁丁老师，他还活着，三个月后，他从医院回来了，腰更弯了，甚至走路都困难了。

调皮学生跪在丁丁老师面前，全班学生都跪在丁丁老师面前。一瞬间，丁丁老师的腰是那么的挺直。调皮学生是村主任的儿子，他抱着丁丁老师哭得稀里哗啦的，老师，您的腰……

丁丁老师只是淡然一笑。

桥很快就修好了，钢筋混凝土，高大又坚固。

丁丁老师依然弯着腰上课下课，还是送孩子们过桥回家。在孩子们心中，只要有丁丁老师在身边，他们走在桥上就格外大胆，他们坚信，世界上最坚挺有力的，就是丁丁老师的腰。

人生小哲理

爱心，不仅可以赢得别人的尊重，还可以充分体现自己的人生价值，就像文中的丁丁老师，他的腰虽然弯了，人也显得矮了半截，但是这并不影响他在他人的心目中的高大形象，这都归咎于他的爱心，他的善举，他心中装着他人，所以他能得到别人的尊重，所以他的形象才如此高大。

你不能把香蕉皮骂进垃圾桶

静静地走在这古老校园幽静的长廊中，能感受到几十载前人的气息似乎在穿梭流动，厚重、深邃、睿智。大学阶梯教室里，一场演讲会即将开始。

主讲人是蜚声海内外的知名教授，海报两天前就贴出去了，反应异常热烈，同学们纷纷赶到现场，要一睹教授的风采，领略教授博大精深的学识。

离开讲还有十分钟，学生争先恐后地进入到会场中，唯恐去的晚了会场没有了合适的位置，在他们拥挤着进入会场的一瞬，不约而同地发现脚下有一块香蕉皮，在抬腿避开时，都不忘埋怨两句：是谁这么缺德？一点公共意识都没有！组织者是怎么搞的？现在的人，什么素质？

大家叽哩咕噜抱怨着跨过那块香蕉皮，坐到自己的位置上，静等着教授的光临。却没有一个人伸出手捡起香蕉皮扔进垃圾桶，以防止后面的同学踩到摔倒。

几分钟过去之后，教授准时到达了会场。

教授也发现了地上的香蕉皮，扶扶眼镜上前仔细端详。

教室里顿时静了下来，大家都很好奇，不知道教授的葫芦里到底卖的什么药，仔细看教授的一举一动。

教授看清楚脚下是一块香蕉皮，勃然大怒，指着它大声说道：“你怎么可以呆在这个地方呢？你应该是在垃圾桶里睡觉！怎么这么没有公德心、没有环保意识，要是有人踩到你摔伤怎么办？你太不像话了！”

愤怒让他的眼镜在鼻梁上跳动着，让人一下子想起被小事激怒的唐老鸭，听众席上顿时传来一阵阵笑声，他们想不到一个知名教授，也会有这样的一面。

教授没理会，继续愤怒，对着香蕉皮继续发火。

终于，听众席上，有学生不耐烦了，大声说：“算了吧！教授，别费力气了，你不可能把香蕉皮骂进垃圾桶的！”

教授听了，突然，转过头来，满脸红光地笑了，并伸手把香蕉皮捡起来，放进讲台旁的垃圾桶里，用纸巾擦擦手说：”刚才那位同学说什么？能再说说吗？“

教室顿时静了下来，没人说话。

教授微笑着说：“我听见了，你不能把香蕉皮骂进垃圾桶的！这就是我今天晚上演讲的题目！”

这时，墙上的大屏幕上开始播放同学们刚才入场时的镜头，同学们千姿百态地跨越香蕉皮和版本各异的埋怨声清晰地传了出来。

大家最初哄笑着，慢慢变得鸦雀无声。同学们都在认真地反思着自己刚才的行动。

教授语重心长地说：“这是我特意安排的一个环节，我想给大家讲的道理，其实你们已明白并喊了出来。但对你们来说，明白道理是一回事，而用道理指导自己的行为，却又是另外一回事！我相信，在座的几百名同学，没有一个人不懂得香蕉皮是骂不进垃圾桶的，但大家缺乏动一动手，以举手之劳去改变现状的行为。这就如同许多人感觉社会冷漠，而又吝于付出一个笑脸；埋怨环境污染，却又不愿意捡一片垃圾；感叹道德水平下降，却又不愿意身体力行地去做任何一件善事……几乎所有的人都在埋怨和咒骂。几乎所有人都不愿意身体力行去做事。责任永远在别人身上，而自己永远都是受害者！这些做法与心态，无限放大了消极面，而使人看见的都是绝望。

事实上，并非如我们所想的那样，社会的每一分进步，都是需要人们用行动去构建，如果我不乱扔垃圾，这个世界就少了一个污染源；如果我再将身边的垃圾清理掉，世界就干净了一分；如果我的行为感化并带动了一个人，那么世界上又多了一份干净的原因。地球上只有六十多亿人，这并不是一个望不到边的数字，因而，我们应该对自己的六十亿分之一，抱有信心。

记住，垃圾不会被骂进垃圾桶，只有用行动才能让它到它该去的地方。你得行动！从现在开始！

教授的演讲结束了，他没有哈利那样的传奇，也没有令人骄傲的血统，整个演讲没有慷慨激昂、声情并茂、感人至深、热泪盈眶，但是他靠他的品质赢得了他人的尊敬，用短短的几十分钟教会了学生更为深刻的道理，让他们更会做人。

会场里响起声音宏大但情绪极其复杂的掌声。教授很满意地笑着，可能对于他来说，他更需要的不是掌声，而是今天这些听众都真的用心听进了他所要讲的东西。

人生小哲理

我们每个人的内心都有对真善美的追求，但生活中总有这样或者那样的恶行存在，一些不良的行为习惯也在无意识的时候发生，它们的存在，或多或少地影响他人的生活，面对这种“恶”的存在，我们应该身体力行。就像教授说的，你不能把香蕉皮骂进垃圾桶，但你可以捡起来，扔进去。通过你的爱心，善举影响他人，我想，这远比单纯的只动口而不动手要好得多。

奇迹游乐场

她一直梦想能有一个让所有孩子（包括残疾儿童）玩在一起的游乐场，而让她意外的是，有好几千人共同帮她实现了这个愿望，并共同完成了对爱心无价这个词语的诠释。

在美国威斯康星州华盛顿港市的小渔村，消息总是会不胫而走。因此，当玛蒂·麦可加里想要为残疾孩子建立一个特殊游乐场时，她知道要不了多久，就会有人对此产生兴趣。但是她万万没想到这次的参与者竟然多达2800人，几乎相当于小镇人口的三分之一，大家会共同挽起袖子，利用假期来帮她实现这个梦想。

玛蒂今年53岁，已经当了29年特殊幼教老师。她说："孩子们能从玩耍中学到许多东西。"可是，她的学生却往往被阻隔在一般游乐场外。她常常看见传统操场上，木片和沙砾让残疾孩子的轮椅难以移动。

玛蒂开始研究适合残疾孩子的游乐设施，还联系设计公司。当有一片地空出来的时候，市议会同意划出一部分供她建造游乐场，条件是她得设法把游乐场造起来。

玛蒂在班上征询孩子，问他们想要在游乐场里玩什么。"结果，他们都说要玩海盗船。"玛蒂还找了许多物理治疗师、职能治疗师和语言治疗师来集思广益。她也把朋友苏·玛雅请来加入计划，苏·玛雅9岁的儿子山姆患了唐氏症。谈起最初建造游乐场的成本估算，玛蒂说："我们两个数学都不好，并从未涉及这类现实操作，所以当估算出需要45万美元的时候听起来感觉并不像个大数目。"

于是很快这个梦想就开始付诸实践了，是以玛蒂所在的基瓦尼俱乐部（一

个致力于帮助小区与孩子的国际性组织）分会捐了 7000 美元，一位女士出资 2.5 万美元，她的公司也捐了相同数目的钱之后，这个游乐场的建造项目便真正开始运作了。很快地，小额资金和各项援助纷纷涌入。一些家庭帮忙购买 30 美元一根的木桩来建造围栏、50 ~ 750 美元的砖块来铺人行道；有些人组织了拍卖会、T 恤促销活动、储钱罐行动，以及“跑一走一滚”慈善运动会来筹募资金。当地的皮珀家庭基金会表示，还有 17 万美元待筹，如果玛蒂能筹到一半，他们愿出另一半。

在这整个过程中，尽管玛蒂是带着无限感激和兴奋起航的，但很快她便和苏·玛雅发现，45 万美元仅够买建筑材料，而实际的建造工程，还需要花 90 万美元来雇用建筑工人。当然，小镇居民可以自己动手——他们选的设计公司利泽建筑事务所之前已经寄来了 164 页的建造说明书，但是如此大数额的花销来雇佣建筑工人也将是一件非常棘手的事情，所以她需要得到大家的帮助。只要找到 500 个义工来工作 6 天，每天 12 小时，那就能省下这 90 万美元的雇佣费用。

2008 年 9 月 16 日是开工第一天，很多义工都来了。这些义工中不分男女老少，不分贫富贵贱，纷纷赶来出资出力，甚至有两名妇女在上班的路上，从一名 DJ 那里听说了这个建造专案，特地请假过来帮忙。一对 80 岁老夫妇帮忙开拖车；10 岁的孩子们则负责铺沙子，堆废木料，所有的义工都很卖力地为着这个共同的目标努力地添砖加瓦。

“那一周真的很神奇，”玛蒂说，“工地看起来像蚁丘。这个游乐场的主人太多了，每个出力帮忙的人都是它的主人。”

只有利泽建筑事务所的 3 名“建筑总管”是聘来的，其他人都是义工，汇集了各行各业的人，都各自根据自己的专长各司其职，有建筑经验的义工担任协调者；善于使用电动工具的人组成专门小组；负责构架的焊接，上螺丝紧固等等，很多人还自愿担任搬运工；另外还有专门的一队义工负责向大伙供应由当地餐馆和教堂捐赠的午餐和晚餐；而另一队义工则负责组织儿童义工的活动。

当游乐场已经成为一种景点的今天，这所汇集了成千上万的人们的资金，力气和心意修建起来的奇迹游乐场目前已经成为当地最有名的旅游景点之一。这个奇迹诞生的地方当年建造的时候气势上并不雄伟，地域上也并不特殊，面积仅仅只有足球场的大小，坐落在一片山坡上，俯瞰密西根湖。可也就是这样一个并不宽敞的游乐场却为孩子们提供了各种齐全的游乐设施：巨大的海盗船在左右摇摆，灯塔亮起一盏明灯、有适宜孩子们攀爬的攀岩墙、有高高低低的单杠、棕榈鼓、沙坑、秋千、溜滑梯，以及许许多多的坡道。

游乐场里的孩子们并肩嬉戏。“看到多莉跟大伙相处得这么融洽，我真高兴。”5岁轮椅女孩的母亲查琳·兰登说，“有些游乐场划出一块专门的区域，为身体不便的孩子们准备了特殊游乐设施。可是在这儿，同一个游乐场里，所有的孩子，不管身体不便或是健全，大家都在一起玩耍，一同做游戏。”

“过去，人们常问我，为什么你要为残疾孩子专门建造一个游乐场呢？”她说，“他们不明白，只有专门为残疾孩子建的游乐场，才有可能变成所有孩子的游乐场。”说完这话的时候她眼睛里闪着晶莹的泪花。让凡是孩子，无关身体的健全与否，都可以共同享受这个游乐场带来的快乐。这样的游乐场正是玛蒂想看到的，而奇迹游乐场就完成了她的这种愿望。

爱心无关大小，一个小小的愿望，在众人的支持和帮助下，给众人献出一份爱的平台，一份善款，一把电工刀，一双大手，一个肩膀，这所有的汇聚起来就是一份温暖，一份心愿，一份关爱，爱心无价。

人生小哲理

当我们一个人的力量不能够担起帮助很多人的时候，爱心应该体现在身边细微的生活之中，这是小爱；当我们有足够的资金、人力、物力可以帮助到一部分人的时候，我们的爱心不应该局限在眼前，而应该是这个社会，这是大爱。但不管大爱还是小爱，都是同等重要的，爱心无价。

生命里的重点

初三那年，我特别憎恨重点二字，因为我在被视为拖学校后腿的差生班。这就好像，我是这个学校里面的废渣，而那些被视为在重点班里面的好学生好像就是这个国家的未来栋梁一样。

我们学校和其他学校一样，每到了快毕业的时候就开始给学生分班。把学习好的集中在一个班，把学习差的集中在一个班。学习好的叫重点班，学习差的就叫平行班，也就是老师和家长口里一直说的差班、垃圾班。这对我们实在是不公平！

在被分入垃圾班的一段时间内，我迷上了一种叫斗地主的扑克牌游戏。每次放学都和同学躲到一个地方去玩牌，一玩就是好几个小时，吃饭的时候，母亲总是找不到我。

我们玩牌的时候，用的是一种很特别的惩罚方式。输了的“地主”被当成校长或者骂我们是垃圾和废物的老师，然后我们指着他大声喊：“蠢猪！垃圾！废物！败类！”以此来缓解我们内心的不满和积压下来的痛苦。

被骂的人是不会生气的，一则是他还能反过来骂，二则是我们这种指桑骂槐的方式，缓解了我们心里被压抑的愤怒。

在这种情况下，母亲叫我归家吃饭的呼喊声，就显得那样苍白无力了。心里直想着当别人当地主的时候，一定要狠狠地骂回去。

这样的情况一直持续了很久，直到父亲的出现。

父亲手上一直拿着一根很粗的木棒，嘴里骂着“你这头蠢猪！”只要一看到我，他就会用那根木棒狠狠地揍我。我东躲西藏地躲避父亲的木棒，然后在他的谩骂声中，悻悻回家。

但是就算父亲打得再狠，身上再痛，我也没有放弃玩牌，还是依旧去赌，依旧去玩。

后来，好像是在挨了数学老师几个大耳光和教导处主任几个拳头之后，我们玩牌的惩罚方式才从扮演“猪头”变成用钱代替。我们那时候都穷，没钱，输了的人就拿出一块钱或者五块钱代替惩罚。然后钱交给我保管，等钱到了一定的数额之后我们就离开这个小镇，去另外的城市找工作，永远也不再回这个让人看不起的学校。当时，真的觉得这个想法很伟大，直到很多年后我都还一直觉得，我们的青春要是少了这样一个插曲，将会变得多么素淡与无味。

父亲再次拿着木棒来找我的时候，看见扑克牌的旁边有钱，他手中的木棒就挥舞得更狠了。直接落在我的背上、腿上或手臂上，力度也比以前更重更狠。我就像受到惧吓的兔子一样，逃之夭夭地躲到镇上的树林里面去。

直到母亲打着手电来寻我。

母亲其实并不是我的亲生母亲，但是我从记事起她就一直陪伴在我的左右，照顾我的饮食起居。但我一直只是叫她姨，整整十六年都是如此。她最伟大的地方就是，为了我，她从未想过自己生一个孩子。当时，我一直都无法理解，虽然曾经很多次都想问她，但是一直都过不了心里那一关，不想和她走得太近了。

有一次，我打牌又被父亲给捉住。一顿棍棒之后，父亲对我大骂，连祖宗十八代都给翻出来了。骂完之后又叫我滚蛋，永远也不要再回来了，他还可以再生一个懂事的孩子。

这话比木棒还厉害，就像刀扎在我身上一样，一直疼到了心里。我决定离开这个不欢迎我的家，我发现，在这么一个偌大的地方，已经没有了我的立足之地，学校不欢迎我，连父母也不欢迎我。我真的好伤心好难过。

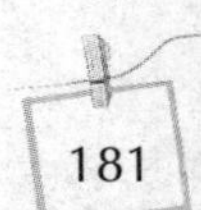

我拖着被父亲打得生疼的腿，回家收拾衣物。我想离开这个地方，反正家里没有人拿我当一回事。我就出去打工吧！

但是，母亲却拦住了我。

母亲拉住我说了一大堆话，但我都听不进去，我的心已经死了，我只想离开这个让我伤心的地方。直到最后那句话，落到了我心里。她说：“你永远都是我生命的重点。”

进入“垃圾班”之后，我开始反感重点这个词，但这个词从母亲嘴里说出来，却让我流了眼泪。

母亲说：“我知道你心疼姨，姨也心疼你，你不要离开姨好不好。”

我再也坚持不住了，扑进母亲怀里放肆地哭起来，泪水泛滥。

后来，我没有离开这个地方，也没有再继续赌博，我变成了一个好学生，好好学习，后来，我考上了一个不错的学校。

人生小哲理

母爱都是温柔慈祥的，它不像父爱那样直接和严厉，却是生命里不可或缺的情感温暖。文中的主人公，虽然经常被父亲责骂，但是却被母亲一直爱着。虽然主人公没有叫过她母亲，但是她一直深爱着主人公，把主人公当作生命中的重点。很多时候，爱并不是由血缘而生，而是由心而生，这种爱更伟大，也更让人感动。